The Cinnamon Peeler
Michael Ondaatje

剥肉桂的人

〔加〕迈克尔·翁达杰 著
金雯 译

人民文学出版社

著作权合同登记号　图字 01-2024-2059

The Cinnamon Peeler
by Michael Ondaatje
Copyright © 1989 by Michael Ondaatje
The Simplified Chinese Language edition published by agreement with
Trident Media Group, LLC, through Grayhawk Agency.
All rights reserved.

图书在版编目(CIP)数据

剥肉桂的人 /（加）迈克尔·翁达杰著；金雯译.
北京：人民文学出版社，2025. -- （翁达杰作品系列）.
ISBN 978-7-02-019026-3
Ⅰ. I711.25
中国国家版本馆 CIP 数据核字第 202409XX42 号

责任编辑	卜艳冰　邰莉莉
封面设计	朱晓吟

出版发行		人民文学出版社
社	址	北京市朝内大街 166 号
邮	编	100705
印	刷	山东新华印务有限公司
经	销	全国新华书店等
字	数	191 千字
开	本	787 毫米×1092 毫米　1/32
印	张	8.5
版	次	2017 年 9 月北京第 1 版
印	次	2025 年 1 月第 1 次印刷
书	号	978-7-02-019026-3
定	价	59.00 元

如有印装质量问题，请与本社图书销售中心调换。电话：010-65233595

献给巴里·尼克

目　录

我正在练习一项刀技　　　　　　001

光亮　　　　　　　　　　　　　　003

清晨，从金斯顿到加纳诺克　　　　007

家庭矛盾　　　　　　　　　　　　008

理由很多　　　　　　　　　　　　009

签名　　　　　　　　　　　　　　011

亨利·卢梭与友人　　　　　　　　013

驾照申请　　　　　　　　　　　　015

疤痕与时间　　　　　　　　　　　016

致意坠落中的约翰　　　　　　　　018

晚安　　　　　　　　　　　　　　020

岛上的菲洛克忒忒斯　　　　　　　022

伊丽莎白	024
纪念日	029
布告牌	031
书信和其他世界	033
夜间的格里芬	037
声音的诞生	038
在坟地	039
在埃尔金伯格附近	040
循环	042
短毛苍鹭	044
老鼠果冻	046
当金刚遇到华莱士·史蒂文斯	047
"他头脑中的门"	049
拿来	051
燃烧的山丘	052
查尔斯·达尔文的一次航行, 一九七一年十二月	056

穹窿	058
白矮星	060
凭窗而立的阿加莎·克里斯蒂作品	065
乡间的夜晚	066
移动弗莱德的茅房／松柏的老人病学	068
伯克湖杂货店的拍卖	070
远处	072
趟水去贝尔洛克	074
猪的玻璃	077
牛尘的时辰	080
宫殿	083
乌斯维塔凯亚瓦	085
战争	089
像乌鸦一般甜蜜	091
和司凯勒看夜间电影	093
萨丽·切瑟姆／凌晨四点， 　关于比利小子的临终遗言	096

纯粹的回忆／克里斯·杜德尼　099

熊抱　103

淘汰舞　105

现世之爱　115

克劳德玻璃　117

锡屋顶　127

岩底——穷途末路　157

肌肤船　202

 她的房子　203

 剥肉桂的人　205

 像你一般的女人们　208

 河上的邻居　212

 致悲伤的女儿　214

 沿着一整条马兹诺河　218

 太平洋来信　221

旧金山的一条狗 225

翻译我的明信片 226

被窃的传记

——就我所知,她的七八件事 227

贝西·史密斯在罗伊·汤姆森大厅 230

特许道 233

红色风琴 241

在黄色房间里 246

你在午夜驶过女王区公路 248

水中的普鲁斯特 250

悬崖 252

桦树皮 254

微风 256

译后记 259

我正在练习一项刀技

　　颜色暗沉,鼻子粗大。相当狂乱不羁、衣冠不整的一种酒,果香从一边溢出,坚实度冲向另一边,酒体也自寻出路。随后,它收束晃荡的酒滴在杯中安顿下来,变得舒适、舒心,恰如一九六一年酿制的圣乔治之夜。

——某杂志对于某葡萄酒的描述[1]

---

[1] 这段话描写品酒时的动作,先是晃荡酒杯,识香观相,然后让酒安稳下来,慢慢品味享用。"酒体"好比酒的体格,是酒精度、甜度、丹宁、酸度等因素的综合,坚实度指酒滴的质感和紧实程度。这段话曾作为写酒段落的失败例证出现在英国作家金斯利·艾米斯(Kingsley Amis)的著作《日常品酒》(Everyday Drinking)中。

光 亮

致多丽丝·格拉提安

午夜的风暴。原野上树木大举迁移,愤怒
在闪电的火花中裸露。
我坐在白色前廊上的棕色吊椅里
手中握着咖啡,眼前是午夜的风暴仲夏的夜。
往昔时光,裹着朋友和家人,踮跶步入暴雨。
他们古旧小巧的老照片
翻拍成我最喜爱的幻灯片,此刻,他们
在墙上出现,复杂模糊颗粒粗大的投影。

这是我的舅舅,自己婚礼那天
骑着象出席。任职行军牧师。
面容羞涩,身着浅色上衣和领带,有闻名的怪癖,
出去喝酒前,总把夫人美丽绵长的金发
一头放在柜橱里,再加把锁
用头发拴住扶椅中的她。
他对奸情恐惧不已
就这样临了得以安然幸福地辞世。
这是我的祖母,身着软棉布礼服步入舞会,
上面的缀饰像许多捕获的萤火虫,发着光
狡黠的样子。她平静美丽的脸庞
在这片热土谋划狂野的行动。
在家中窝藏挤奶工人

虽然明知他杀了人,法庭上
又因为讥笑法官遭受驱逐。
她的儿子成了魁北克人。
这是我哥,六岁光景。和表弟、妹妹一起
身旁是德福斯家的潘潘,她曾一跤摔在铅笔刀上戳瞎了眼睛。
这是姑姑克里斯蒂。她知道哈罗德·麦克米兰是间谍[1]
在报纸上通过图片和她对话。
每一幅画她都相信是在向她求饶,
他猎犬般的眼睛露出祈求的神色。

她的丈夫是菲茨罗伊舅舅,在锡兰行医,
年逾耄耋但手术刀般的记忆力锋利依旧,
只是我从没想到要问他任何事情
——那时我更感兴趣的是鲍比·迪伦最新的碟片。[2]

这是我的母亲,和兄长诺埃尔一起,盛装华服。
他们分别是七岁和八岁,站在人工上色的相片里,
这是我手头最早的相片。也是最珍爱的。
我还有一张孩子们在万圣节的照片,
情景和笑脸都依稀是这张的复制。
我的舅舅六十八岁去世,母亲一年后离开,年纪相当。
她告诉我他的死讯,和死时的日期
那天他的眼睛从病痛中苏醒,仿佛
能洞穿病房和医院。她说

---

[1] 麦克米兰(Harold MacMillan,1894—1986),1957—1963年间任英国首相。
[2] 达伦(Bobby Darin,1936—1973),美国歌手、演员。

他看到了清晰而美好的东西,整个人
一瞬间年轻起来,她一边回想
一边在他的运动衬衫上缝制徽章。
她给我描绘着往事,声音里满是欢快,脸庞放光,清澈无瑕
(我那萤火虫祖母也是六十八岁去世。)

这些就是关于他们的碎片,我拥有的全部,衬着今晚
的风暴,和趴在前廊上躁动不安的狗儿们。
他们都正当壮年,在轻狂中欢笑。
当年的一次聚会,父亲酩酊大醉
要演示在鸡身上如何大展手脚
却失手将它们弄死,客人们
一小时之后用餐,父亲沉沉睡去
孩子们看着仆人收拾散落
草坪上的断片残羽。

这些就是他们的碎片,能记起的就这些了,
可惜没有更多。在镜子里和孩子们身上
我到处看到他们与我肉身的纠缠。不论身在何处
他们在我脑海中列队游行,他们的故事化开
蔓延至墙上灰暗而颗粒粗大的照片,
他们早年举着酒杯,二十年后
又托着孙辈,和心爱的狗一起入镜,
风暴掐断电源,降下黑幕,但他们
从光亮和闪电中走来,一棵大树在公路边躺倒
孩子们只能在室内就着烛光摆放多米诺骨牌

我独自置身室外，身边是稠密的雨水静电火柴的微光
　　　　　　　　　　　　和凑上去的烟头
原野远方的大树离我而去，轮廓清晰
孤立无援，身上满是刀痕和奶牛啃噬过的树皮
在参差的闪电里定格，仿佛在奔跑中突然断裂
树枝向上，像手臂在光亮来临前漆黑一片的天空里挥舞
而事实上它们和我一样纹丝未动。
没从我这儿跑开一寸的距离。

清晨,从金斯顿到加纳诺克[1]

行驶二十英里去加纳诺克
沿途的杂草火后余生,满目灰蓝
交错拉碴,烧焦的味道
随公路蔓延
这本是冷僻荒野,非野炊之地。
田野深处
坚硬的蕨类披尘土而立
非自然,在自然中孕育。

母牛慢跑着逃逸,一群全白
后面一群黑白相间
踩着田野的中线,从迷雾中显现。
跑动的母牛俯首寻找动物遗骨,
时而猛然抓起食物——
烧坏的土拨鼠,剥了皮的蛇
然后跑去遮阳处弓身站着。

正是在这片田野里
他们塑造着新型的女人。

---

[1] 金斯顿(Kingston),加拿大城市,位于安大略湖边,水运要塞。加纳诺克(Gananoque),加拿大小镇,位于安大略省东部。

家庭矛盾

午夜的呼吸
起伏间听不出韵律,
全无节拍可言。
你贪婪的身体
为床上的方寸之地争夺,
潜行侦查,侧翼包抄;
我以古怪的角度蜷着身子。

每晚的争斗不露声息:
我肯定,你当初怀孕,
就为了争一分领土
——再不用担心我会踢你。

不过,此刻你的体内蕴藏另一生命,
像条鱼儿般扑腾,
摇动、力争
也只是为了方寸之地

理由很多

试看植物抽新芽,让情侣复苏,
有情人呼唤往昔,忆起曾经的
温柔恳切,与一件件
早已遗忘的善举[1]

烤箱上映照着
三片云朵和一棵树。
厨房半开的窗上裂痕斑斑,
留着冬日猎手的印记。

我们的小屋漫溢文明的魔力。
早餐时流淌嘹亮的斯特拉温斯基,
奶粉突然变成牛奶。

窗外,五月之神
挥舞着巨掌操纵风向
驱散大树和云朵投下的阴影。
小鸟迈着自信的碎步
推搡冰冷的小草。

---

[1] 这一段来自《亚瑟之死》,托马斯·马拉里取材自民间流传的亚瑟王和圆桌骑士的故事集。具体出处是第八个故事的第四部分。这里第一句里的植物在古英语中意为"草药和树木"(erbys and treys),指代所有植物,使用了以类别指代整体的修辞手法(merismus)。诗歌名字《理由很多》是这段引文之前出现的词组。

这一刻，世界与人无关。

我们冲刷水桶里的泥沙
早上就用它们去盛水，
我们踮起脚拂拭冬天的蛛网，
把忘记醒来的飞蛾扫拢。
孩子们睡着了，在瓶瓶罐罐
后面蜷着身子，老鼠依旧横行。

我轻轻翻过一页
不想打乱你的节奏
你的头枕在我的股骨上沉沉睡去，
我凝视着你眼皮下
烈焰般的滚动，
爱情，还有窗外的神会陪着我们
直到冰凌融化
变成隐秘的棕色瀑布，
直到女儿举着红色的鞋子
在湖中投下倒影，把湖水点燃。

签　名

汽车载着他飞逝
让月亮也开始奔跑
在树丛间扑腾，像只白鸟。

为一截阑尾赋诗
殊为不易。
不喜欢显而易见的东西
伤疤在每个人身上爬行
伸进游泳短裤的私密处。

我是我们家第一个阑尾病人。
哥哥不幸
血型罕见
犯的是胃溃疡。

医院近在眼前，雨点落下给我鼓掌。

她说只需要七秒，
把我的脚绑好，
将针头刺入我的手臂
所有感官徐徐舒展
数到五
房间在我身边合上了眼。

晚上传来风琴声,
充满敬意的口哨声随后加入。
我是个出着汗的象牙圣人
注满了杜冷丁和催眠药。
一个男人裹着亮闪闪的石膏盔甲
走到我门前,随即又离开。
想象雨水
像白色蜜蜂般滴落在人行道上
想象斯奈德
就着诗歌和山峦迷醉

三层楼以下
我的阑尾
在玻璃瓶中漂游。

啊,世界啊,我要让尸骨遍布安大略省

亨利·卢梭与友人
致比尔·莫伊森

他的植物干净单纯
鹦鹉,明智地
停在树枝上。
这个场景的叙事者,
知道画面里有完美的水果,
白色和蓝色的花朵,
拥有乐感的蛇;
他是主宰。

猩猩
握着橙子,好比头颅,
好比圣杯。
他们在鹦鹉之下
橙子之上——
森林农奴体系
秩序井然
地休憩。

这些是梦境中才有的理想。
画面中的一切不偏不倚,
花瓣精确地对称,
天使节能地飞翔,

发现彻底的解放。
鹦鹉是可有可无的；
明天已经来临
一个随华尔兹起舞的男人和老虎，
和一只小鸟鲁莽的脚。

伟大已然实现
这些家伙们在精致如范本的花丛里
懒懒地摆出造型
如花瓣一般四散
又如一支队伍密不可分。
就这样挂在阿德莱德·弥尔顿·德·格鲁特小姐的墙上[1]，
和纽约的丽莉·比利斯同居一室。[2]

可是，还没说完呢
他的手腕和肘部亮片闪闪
华彩翎羽加身一泻千里
一只漂亮而又俗气的鹦鹉，和被震惊的雄狮，
美丽与强壮在阳光里紧紧纠缠，
还有如履薄冰的瘦鸟。

---

[1] 阿德莱德·弥尔顿·德·格鲁特（Adelaide Milton de Groot，1876—1967），法国艺术收藏家。
[2] 丽莉·比利斯（Lillie Bliss，1864—1931），美国艺术收藏家，著名的1913年军械库艺博会主要的展品出借人之一。

驾照申请

两只鸟的爱情
是一团红色烈羽
绽开的棉球,
我从它们身边驶过,它们没有中断。

我是个好司机,看什么都无动于衷。

疤痕与时间

曾有一个女孩,和我几年没有联系
没在一起喝咖啡
就疤痕写了一段话。
疤痕躺在她的手腕上,光滑洁白,
吸血虫的大小。
那是我的杰作
出自我挥动的一枚崭新的意大利小刀。
听着,我边说边转身,
献血喷涌而出落在裙裾上。

我妻子的疤痕如水滴
散落于膝盖和脚腕,
她和我提起破碎的暖房玻璃
不过,我能做的只有想象鲜红的脚
(好比夏加尔画笔下的一个树妖),
脑海里撑不起这个场景。
我们总能回忆起疤痕周边的时代,
它们封存无关的情感
把我们从身边朋友这里拉开。
我记得这个女孩的脸,
弥漫而上升的惊奇。

这道伤痕

当她与爱人或丈夫云雨之时
是会掩盖还是炫耀,
抑或是收藏于玉腕,
当作神秘的时钟。
而在我的回忆里
它是一枚纪念无情的徽章。

我现在就愿意和你见面
也希望那道伤痕
当初是与爱一起
来到你手上
虽然爱从未在你我之间发生。

致意坠落中的约翰

人们在夕阳中停下步履,
引擎轰鸣声戛然而止;
机器袒露装满泥沙的胸腹
四平八稳——硕大无朋。

没有人跑过去
看他古怪扭曲肌体紧绷的身体,
和盛满血的下颌
胸膛的开口有拳头大小,
双手抓住眼睛好似阴翳。

他奇怪地佝偻着
做出荒谬的姿势向空气请求。
十二名建筑工人也无能为力
要么只好围观
要么仰望他下坠的路径。

媒体人身着亮色衬衫驾到,
医生也在场,工头刨着土丘,
人们脱下头盔,
机械高高耸立
遮去日头

此时的他
已然淹没在
自己嘴角黝黯的高潮中。

晚　安

让我们想象菲洛克忒忒斯[1]
身边是毛色沉郁的苍鹭帕里斯
这个男人体态彪悍腿根粗大，
绷带裹着的伤口发出异味
鼓胀的血管蜿蜒流动
像小径一般在大腿上扩张；
一个人独自在海岛上咆哮十载，
身体日渐乏味
而心却日渐温柔
纵使牙齿发黑头发枯萎。

想象他的双手——沾染上动物
暗红发干的血迹，
拉着一张残破的银质弓弩
嗖嗖地放箭，射出狂野的心；

就在他面前，帕里斯
左右腾移，芬芳流丽的雄鹿，
后面是太阳

---

[1] 菲洛克忒忒斯，古希腊神话和史诗人物，特洛伊战争中的雅典将士。因为大腿部位的一个被水蛇咬后无法治愈的腐烂伤口被流放至雷姆诺斯岛上，十年之后特洛伊战争接近尾声，才被召回。在一些后世文学中是击毙特洛伊王子帕里斯的功臣，而帕里斯也是诗中雄鹿的名字。

被大山网罗,投下鹿的身影,
如蜘蛛般移动的影子
分明地爬上他腿上的绷带
这位站立的勇士敞开自己
让飞向远山的雄鹰射穿胸膛。

岛上的菲洛克忒忒斯

破碎的太阳在枝桠间穿梭
又如巨掌落下
化海水为红色猎豹

我堵截诱杀鲨鱼
用沙子填满鱼鳃
用珊瑚切断鱼身
让发糊的灰色爬满
鲜红的纹路。

杀戮只是为了愚弄自己
把怜惜统统注入濒临散架的身体
要不还真会一箭射向长天
让它自由落体
刺穿我发丝绽放的头颅
或颈上动脉,然后倒下
靠被洞穿的肺部垂死呼吸。
就这样让思考终止。
与其如此,不如射穿一只飞鸟的眼睛
跑过去,把它拽在手里。

那天,一只鸟突发癫狂
在海滩上左冲右突

一头栽进泻下的浪花
又扑腾出来，跌倒在地。
后来沿着海岸一路踉跄。

要半路截击动物
就要用石头折断足踝
我与鸟儿在灌木丛里来回撕扯
舞动伤痕累累的身子互相扑打
终于出了林地
残破的鸟儿在沙滩上疾行
我举起弓
一箭射穿鸟舌钉在脖颈上。

狂风里雨点如马戏团的马蹄翻飞，
瞄准我的双眼，掀起死去动物
和石上青苔的气味，将我清洗。
树枝如噩梦般在黑夜降落
直到太阳裂开
在我脚边洒下火焰的伤口

接着他们便闻到了我的气味，
那些美丽的动物。

伊丽莎白 [1]

接着,杰克舅舅一声大喝
哦我接住了这只巨大的苹果
像凯里夫人的屁股。
这苹果就像凯里夫人的屁股,我说
爸爸哄笑起来
一把将我举起放在肚子上。
然后我把苹果藏在房间里
直到它干瘪皱缩
像一张脸上长出了眼睛和牙床。

然后爸爸带我去动物园
那里他有熟人
他们在我脖子上缠绕一条蛇
它从我衣服前襟上滑下。
我能感到它扑闪的舌头
像雨滴一样落在我身上。
爸爸大声欢笑,说蛇真聪明
和我们一起的凯里夫人沉下了脸。

---

[1] 标题中的"伊丽莎白"暗指女王伊丽莎白一世(1533—1603),英国都铎王朝的最后一任君主。诗中的"玛丽"和"菲利普"暗指伊丽莎白同父异母姐姐和其丈夫西班牙国王菲利普二世的名字。而汤姆和埃塞克斯也合乎伊丽莎白生命中重要男性的名字。托马斯·西摩(1508—1549)与伊丽莎白父亲亨利八世的遗孀结合,并经常挑逗引诱年方十四的伊丽莎白。后因叛国罪被处死,伊丽莎白凭镇静坚定幸免株连。

我们来到养金鱼的池塘
菲利普和我用铁锹击碎冰面
试着用叉子戳鱼；
就这样捕杀了一条鱼，菲利普立刻张嘴吃下，
然后亲了我一下
嘴里满是没有调味的生鱼味。

我的姐姐玛丽牙齿不好
她说我很幸运，然后又说
我的牙齿硕大，但菲利普说我长得漂亮。
他的手也很大，还有气味。

我还经常说起汤姆，他轻柔的笑声，
清晨绕着日晷起舞
教我从法国学来的舞步，在踏弯的树枝上
随着太阳的节奏转圈，
他常把我抱在怀里看着我胸膛像蜗牛般蠕动
急切地在我掌上留下爱意。
我把他的爱收藏在掌心里，直到起泡。

他们用斧头砍伐他的肩膀和颈部
血柱如树枝伸进人群。
他肩膀下垂，举步不稳
诅咒人们尖利的嬉叫，蹒跚转圈，
依然扭动着法式华尔兹舞步直到屈膝跪下

头抵在地上,
血液像红晕般驻留在衣服上;
就这样
迎接人们对准他背部的最后一击。

现在我有酷爽的娱乐
就是和白皙的小艾瑟克斯一起玩,还有我敏捷的韵脚。

她说:"汉迪呢？你说我要寄给他吗？"

"他说过一会来造访的。我问一下他。"

"他退休了,是吧？"

"是的。"

她等了一会,又说:"说些什么吧,帕克。我得让你开口说说闲话,这就跟拔牙一样。"

"汉迪退休了。"帕克说道。

"我知道他退休了！你得跟我解释下。告诉我他为什么退休,如今在哪里,情况怎么样。跟我说说话,派克,该死的。"

——理查德·斯塔克,《酸柠檬案件》[1]

---

[1] 理查德·斯塔克(Richard Stark,1933—2008),美国类型小说家,以犯罪和骗局小说为主,《酸柠檬案件》出版于1969年。

纪念日

很显然我总是错过大日子。
我的出生之日并无伟大先兆
只有温斯顿·丘吉尔的结婚纪念日。
纪念碑没有为我流血,泱泱神明
并未指定特别的天气。
季节上来说这日子微不足道。

只能拿母亲怀孕八月的时候聊以自慰。
她那时人在锡兰,挺着肚子过炎炎夏日
一个仆人在草坪上闲庭信步
手上托着一盘冰镇饮料,
几位朋友到访
安慰她的孕态,而我
从脐带里吮吸生命之液,
正是此时,华莱士·史蒂文斯安坐于康涅狄格州
桌上摆一杯橙汁
灼热夏日,身着短裤
在一个信封的背面
开始写《穿着考究留胡子的男人》。

那天夜晚我母亲沉沉睡去
隆起的腹部
对着床头风扇乘凉

而史蒂文斯正斟酌字眼
培育成句
再削去冗余
捏塑成型，苍白的
页面，就此变为思想，
他的手任由意识
随意摆布
他看着自己的手说道
意识不会完整，永远不会
而我在母亲的肚子里生长
就像康涅狄格州那几扇窗户外面的野花。

布告牌

"连他的笑话都格外过分。"

我妻子有一大串问题,过去的丈夫、房子、
孩子们,我有幸见过
在金斯顿、多伦多、安大略省的伦敦
——他们步下暗灰阶梯
像演员般神采飞扬,即便在四小时的旅途中昏昏欲睡
遍地是洒落的橙汁和漫画书。
复活节我们聚到一起找彩蛋。
飞风筝。每年圣诞。
这种种,我想说的是,
侵犯我处女般的过往。

当她像编撰文集一般
生育孩子的时候,
我还在流浪——懵懂迷茫,只是感觉尚存
止不住地犯错,开尴尬的玩笑,
和一群人厮混,
分分合合
时而缩小成自足的水银球。
我的头脑是小心保持空白的日记
直到撞上屏蔽礁
那就是我妻子——
　　　　　那里

鲜亮恰当的鱼群
穿梭于珊瑚。

她带来的是蝗虫般的历史——
她错过的细微暗示
各种引诱她的企图
配种生下的狗
让出租车或脑病夺去生命的狗。
而我还一度尝试
存在于巨大的中立冷漠里
只求脑海中不沾一尘。
如今我却有一种感觉
我的处境非常复杂,
正如在细雨中渐渐模糊
的几张布告栏海报之一。

我写下这些诗句用的是妻子的笔
她给第一任丈夫写信用的笔。
笔上沾染她头发的气息。
她一定写几句就停顿
思忖一番,让手指在头皮上滑动
收集头上微小的气息
再传输到笔尖上。

书信和其他世界

"对他来说黑暗不复存在,他无疑就是堕落前的亚当,黑暗中也能看见。"

  父亲的身体是圆球状的恐惧
  他的身体是我们从未探索的小镇
  我们要去的地方他已去过,却不对我们透露
  他的信件是他的居室,可他难得居住
  那里是他爱的逻辑生长的地方

  我父亲的身体是恐惧之城
  他是自己恐惧之舞唯一的见证
  他躲在去过的地方,好让我们找不到
  他的信件是一处居室,惧怕他的身体

他濒死之时神志沉沦。
最后一天哪儿也不去
关在房间里,身边两瓶杜松子,后来
整个身子倒下去
脑里的血液流出去
浸润向来干涸的
陌生区间
他死前的几分钟实现了一种陌生的平衡。

他早年的生活是一场恐怖的喜剧
母亲一次次和他离婚。
有时候他会冲进火车隧道
隧道里满是车头白灯的磁力
有一次,他名满锡兰,
阻止了一次佛牙节庆典[1]
——游行队列里的大象舞者
和当地要员——因为酩酊大醉
一头卧倒在街上。
他身为半个官员,半个白人,
这起事件的重要性不言而喻
大家都认为是自治运动的转折点
一九四八年锡兰独立的前奏。

(我母亲也尽了一份力——
她驾驶技术拙劣
只要有人认出她的车
到哪里都有村民扔石子。)

结婚十四载
两人都认为自己
才是受害的一方。
一次两人在科伦坡码头
送别一对新婚夫妇

---

[1] 佛牙节庆典,斯里兰卡康提进行的一年一度的佛教庆典,每年七八月间举行,祭奠佛祖舍利子。庆典仪式包括佛牙寺内的四天表演和随后的十天游行庆典。

看母亲表达感情无拘无束
父亲心中涌起嫉妒
跳进港口水面
跟着船向前游挥手说再见。
我母亲假装和他不认识
混进人群回到旅店。

他又一次登上报纸版面
不过这次我母亲
致信编辑
纠正了报道——说他是因为喝醉
不是因为与朋友分离而心碎。
新婚夫妇随船抵达亚丁
同时收到《锡兰时报》上的两个版本。

走向人生终点的那几年
他沉默地酗酒,
每周总有一次
他拿着酒瓶躲进自己房间
一直到喝醉
然后酒醒。

就是在那里,他写下了迷梦、
道歉,温良的信件。
有时候他像建筑师一般清晰
写下那一排蓝色小花

那是他第二任妻子栽种的，
还有在家里铺排电线的计划，
还有我同父异母的妹妹如何摔倒在一条蛇旁边
而醒来的蛇却没有碰她。
他写下字迹清晰的信件，满满的同情心
他的心灵扩大扩大扩大
感知他孩子和朋友的一切变化
而他自己却一步步
走向可怕尖锐的仇恨
仇恨自己的私密
直到他找到了平衡
直直倒下
血液流进了
空空的骨头架子
血液游弋于头脑，无需隐喻。

夜间的格里芬

我的双臂抱紧儿子
噩梦后汗湿
一个小我
嘴里含着手指
另一个手掌在我头发里握紧
一个小我
噩梦后汗湿

声音的诞生

晚上,大狗伸长了身子发出最隐秘的一声呜呜。
伴随着最后的懒腰
躺在屋外黝黑的过道里。
孩子们翻了翻身子。
一扇窗想要和冰冷隔绝
另一只狗在地毯上扒拉着抓虱子。
我们都很孤单。

在坟地

斯图亚特·萨莉·金和我
看着静止的星星
还有时而滑落的星星
像老鹰唾沫落在树梢上。
抬头看是澄明天宇
显示星系的复杂枝节
随时辰和气候变化,
这就是骨头几何学,从那里,移动到,那里。

而地下——是往昔旧友
头脑和身体
像杂耍演员般缠绕着彼此。
我们离开的时候,他们更进一步
达到沉默的新高度。

所以我们的头脑塑造、
凝固易逝的瞬间,
让蝙蝠平行
给天空秩序
萨丽就像草丛里灰黑的雪。
萨丽骨骼秀美
在星光下怀孕。

在埃尔金伯格附近[1]

凌晨三点,在榻榻米床垫上。
睡衣里有只飞蛾疯狂扑闪
我的心脏要跳出胸膛

我一直梦见一个男人
睡觉前在前额上涂上蜂蜜
诱昆虫闻风而来
吮吸蜂蜜后渗入脑际。
早晨他的脑海中满是翅膀
还有黄蜂柔软的遗体。

我们自杀后回归自然。
那个男人诱骗飞蛾
在地板上蹭着后背
就此向欲望投降,放弃反抗
置身可悲的残骸
我们亲手毁灭的身体之间,
动物驶向死亡时乘坐的破碎符号。
窗台上飞着的灰
海港边浮着的白鱼
像盖满油垢的瓶子飘向海洋深处,

---

[1] 埃尔金伯格(Elginburg),加拿大安大略省金斯顿的一个住宅区。

最后变成了蛇
在孩子们和摄像机的骚扰中
蜿蜒越过文明的草坪。

我们躺在榻榻米床垫上
注定丧命的飞蛾在我们身上漫步
把我们当作人肉做的水潭,
我们要的就是月光下的羞辱。
到了清晨我们身边环绕着
幽暗无邪的海船
那是痴人王国派来的信使。

循　环

我最后一首关于狗的诗。
以后不考虑任何家养动物
包括自己的狗,
它从椅子上爬下来就要足足半分钟。
我关心的
是再次出没于公路的那只狗
一只眼睛不翼而飞,追赶着什么。

它只是一个被填满的空当
行动起来就轮廓含糊,
像屎一般易逝——色泽淡去
然后在另一处出现。

它比野猪、汽车和毒药都活得长久,
一阵阵放电的篱笆也拿它无可奈何。
它吐出骨头,夜晚
就在假日旅店的游泳池里沐浴。

它施展着神奇的遁匿之术。
失去的眼睛在飞鸟的嘴里
向上滑动,升入天空。
像远去的家人。这只是肉体的损失
和它横跨枝杈的飞跃并无两样。

它就是你在免下车外卖处看到的那条狗
它无声地冲进垃圾堆
而人类社会正在它头顶的天际展开。
飞鸟扑进矩形的意象之网,

部分的它永不消逝。

短毛苍鹭 [1]

疯癫的国王们
血脉内向,纯洁地延展
大脑因此便难免错乱

它们为自杀的传统骄傲
有几只发了疯,在该死
的腿上练习平衡,还有几只,

闭上眼睛谢绝
太阳,只靠想象
还有的眺望北方,有的
强迫羽毛生长,
有的用长嘴刺进表皮
有的发不出声音
在难听的连音中迷失了自己
有的在逃亡的梦中撞上了黑色围栏
有的绕着不存在的时钟表面转圈
有的沉沉睡去就不再醒来
有的任意袭击孩子的眼睛随即被带走
有的永远面对墙角

---

[1] 标题的英文原文是 Heron Rex,Rex 这里有两个意思。一来是拉丁文中国王的意思,二来在修饰动物的时候表示毛发稀疏短小的退化种,诗中对这两个意思都加以指涉,两者都有与众不同的意味。

有的敞露私处随即被带走
有的假装双脚摔断，或身患癫痫，
有的试图用电线电击自己
有的以为自己的身体在燃烧便大声呼叫
　　　　　　随即被带走

离世有很多种方式
让身体疯癫，让身体
疯癫的同时让头脑完善
为了整个族群牺牲自己
成为族群的代表允许别人
把自己放在牢笼里展出
名声就是体内的剃刀

这些鸟是如此精致
像清晨的霓虹灯一样微弱
它们是融化了的贵族
是国王心中玻璃做的核
即便十五岁的孩子都能走进牢笼
几分钟内将它们摧垮
就像摧垮一根长长的指甲

老鼠果冻

看到果冻里的老鼠了吗
冒气肮脏的皮毛
冻结着,放在玻璃盘子上端出来
把馅饼切成四片开始品尝吧
我费尽心血为你烤制这份美食
虽然看上去很美
还飘着西屋牌冰箱的味道
口味像进口的鱼,也或许
像奶牛昂贵的屁股
实际上,我想让你知道,是一只老鼠
肮脏的皮毛在冒气,还没咽气

(是上周日抓到它的
当时我想到了冰箱,想到了你。)

当金刚遇到华莱士·史蒂文斯

拿起两张照片——
华莱士·史蒂文斯和金刚
(写这句的时候我正在吃香蕉,这重要吗?)

史蒂文斯体态敦实,温良,灰白的板刷头
条纹领带。十足生意人,除了
黝黑粗大的手,裸露的脑袋
和内在的思想。

金刚步履趔趄
又一次在纽约的街道上迷路
身后跟着一列不耐烦的汽车
头脑缺席。
手指是塑料做的,皮囊下通电。
米高梅电影公司使唤就不能不听。

就在此时 W.S.[1] 西装革履
思考着混沌思考着藩篱。
头脑里——是新鲜疼痛的种子
他的驱魔法,
紧锁的鲜血发出狂吼。

---

[1] W.S.是美国诗人华莱士·史蒂文斯姓名的首字母缩写。

双手从外套里垂下,
在凶手的阴影里面向镜头。

"他头脑中的门"

致维克多·科尔曼[1]

维克多,有一枚羞涩的头脑
亮出淡淡的疤痕
和大脑里色泽不一的地层,
轮廓不清,只有渐变之意

寥寥数行,是思想的轨迹

风景里凋零的树木
太阳下融化的冰雪
斯坦[2]的鱼缸
里面有一本书
页面翻动着
就像某种海生物
在伪装自己
清晰的字体
慢慢泛出金黄,在太阳下,大水里

我的头脑倾倒着混乱

---

[1] 维克多·科尔曼(Victor Coleman,1944—),加拿大诗人,在出版业和艺术策展中也多有涉猎。
[2] 斯坦指的是加拿大出版人斯坦·贝文顿,1965年创建了马车房出版社(Couch House Books)。

结成渔网扔到页面上。
像瞎了眼的爱人,不知道
爱的是什么,非要写出来才明白。
然后你从吉布森[1]发来的信到了
上面有一张褪了色的海鸥照片。
抓住我的视线。让人炫目的白色大鸟
模糊的扰动。

我的诗也应该如此吧。
在错误的时刻抓住美丽的事物
所以它们形状不明,手足无措地
走向清晰开阔。

---

1 原文为 Gibson,可能指加拿大不列颠哥伦比亚省南部的沿海社区吉布森。

拿　来

这是形式的需要
对待我们欣赏的人
要把花骨朵从他们肉体中吮吸出来
再偷偷种在头脑里
在孤独的花园里催生果实。

学着倾泻精准的钢铁般的
曲线，很柔软很疯狂
直到它击中页面。
我曾抚摸过他们的情绪和语调
那些辞世百年的男男女女
艾米莉·狄金森的大狗，康拉德的胡子
然后，为了我自己
将他们从历史川流中分离出来。
我已经品尝过他们的头脑。听过
几声垂死时发出的湿咳。
他们想象的无暇时光就是此刻。

流言前赴后继
流言前赴后继
种进土里
直到成为脊梁。

燃烧的山丘

献给克里斯和弗莱德

他因此重拾写作
在焦山地带[1]
金斯顿北部。有一座木屋
墙上霉点遍布。
两边牛蛙出没。

贴着壳牌法博纳蚊虫贴条的提灯
挂在房间一角的钩子上
他等待许久。打开
威而柔写字本,黄色的比克笔。
每年夏天他都相信是最后一次。
这是分裂的季节,从六月到九月,
他不怀好意地编织情节
在朋友们的个性里穿行。
有时候像无名的恐惧无所归依
像因循守旧的日用水空虚寥寂。
有些年份他会枯坐四月
一无所获
只是静静研习色彩,
和寄居一室的昆虫。

---

[1] 焦山(burnt hill),加拿大安大略省城市金斯顿以北的一个地区。

他随身所带无几：一台打字机
罐装姜茶、卷烟。《奇爱》录像带，
"幕间休息"的唱片，印着卢梭画作《梦》的明信片。[1]
他朋友的话像闪电一样严厉
剥开树皮的锋利，如尖利的钩子。
明信片靠在窗边作实验样本
透过它看到了壮大的风景。

最终房间成了他的时间机器。
他关上锈蚀的门，坐下来
思索一片片历史。第一个女孩
发生在学校附近的公园里
她把温暖的手伸进他的长裤
解开纽扣，最后手腕沾上了
喷射而出的液体，而他陷落在她裙子的迷宫里。
后来她曾弹着钢琴
看着他与父母喝茶。
他记得自己很惊讶——
这件事原本早已遗忘。

夏天是他记忆中层层叠叠的文明
他们是旧照片，他早已不看
里面的女孩都有些肥，不如记忆中的完美

---

[1] "奇爱"指电影库布里克执导的电影《奇爱博士》(1964)，"幕间休息"是一加拿大乐队名称，卢梭指亨利·卢梭，《梦》是其1910年的画作。

他不羁的头发全都剃光，只露出脑袋。
他的朋友们靠在自行车上
年仅十六，装成二十一
卷烟在小脸上硕大突兀。
他还能轻易辨认照片里的人
像婚礼照片一样朴实无华。
他记不得名字了
尽管他们有整天的时间说话，交流个性
像狗一样聚在草地上垂涎女孩们的屋子。

性爱是投掷鞭炮的游戏
一对男女在田野里纠缠，互相用手制造高潮，
就好比在某人的耳边跟着录音热烈哼唱
"你以为我能怎么想 / 你知道我们在假装
今天与你周旋 / 明日别处求欢
你以为我能怎么想。" [1]
他领略了性爱的复杂，孩子们未来也会看到。

有一张照片将五个夏天糅合在一块。
他们八个人靠墙站着
手臂环绕彼此
望着镜头和太阳
尝试对没露面的成年摄影师微笑
对着刺眼的光摆出二十一岁的自信。

1　这是普莱斯利单曲《你以为我会怎么想》(*How do you Think I Feel*) 的歌词。

那个夏天，那些友谊，准备好永恒。
只有一人咬着苹果。就是他
对这个时刻的意义漠然无视。
而现在，却渴望有一个肩膀在身边可以环绕
那只雪白的倒霉苹果新鲜如故。

自从他开始燃烧山丘
壳牌贴条已经生效。
一只黄蜂在地上匍匐
翻身跌倒，浑身抽风。
他接连抽上五支烟。
缓缓落笔细心雕琢
爱得深沉，冷静得彻骨。
写完之后他就会回去
再次捕猎那些不加遮掩的谎言。

查尔斯·达尔文的一次航行，一九七一年十二月

巴西海岸线上的景观。
一个男人站立着呼喊
面朝一艘帆船的影像
像海那边飞过来庞大的白鸟
用巨爪撕扯海水。
三月淡去的山脉
是冰冷早晨的画作。
查尔斯·达尔文乘着船勾勒云彩。

很快，第一推动者会将
第一推动者勾画，将他赶出天际。
我想要……斗转星移百年弹指
……一个信仰

    一八三二年，六月二十三日
    他捕获了某微小甲壳虫
    的六十八个种类。

厚厚的蓝色树叶招呼着他
不懂庆祝的动物
慢慢走向自然法则。
亚当有了钟表。
眺望古人和来者，（我想要……）
让我们缓步走出纷繁的结构

这股齿轮的味道
还有我们身居其中的钻石。

我在等待一艘新船,要崭新的
看到这个肥硕的机器
就会想起上帝的宠物。
它在空中和水面上穿行累了
便会在我们的门前放低身躯。

穹 窿

因为要建议几个上帝的候选人
我提名亨利·卢梭和伯克博士,[1]
我已厌倦蜥蜴天堂
它的影像库从他人的血肉撷取活力
——那些表达仇恨的故事,只是残渣和羞辱。
植物向梦境边缘繁殖的时候,准备好更新。

我曾经一觉醒来发现自己身上盖着白色床单
四周有墙和门,还有食物。
我刚刚脱离的世界里没有食物
只有我吞食的稠密空气。小鸟
在飞行时死去,尸体落在我嘴里。
水果掉到地上,洞穿我们的饥渴。

整个晚上,猩猩大队在天宇穿梭
一只蠕虫在狮子的凝视下踱步
有些鸟整晚整晚待在一根树枝上。

他们都为了庆祝上帝夫人逗留。
她在卢梭的《梦境》里裸身登场
前世是动物和树

---

[1] 伯克(Richard Maurice Bucke,1837—1902),加拿大精神分析学家。

她的乳房好似被吮吸的橙子
动物们的道德本性孕育纤维和汁液
渗进她体内。

她伸出手
手指向外移动
血脉牵连,要触摸这个地方。
昨晚上我们的低声细语
音量太小,在杂交玄想的
嘟囔声中淹没。

她扭头向左边望去
我们就是从那儿离别
从她的鲜花之屋坠下。

白矮星

这首诗写给消失了的人们
写给坠入代码之网
把自己房间给超人做冰箱的人们
——他们试过所有能飞的服装和骨骼，
把道德贴肉刨去
直到能拉着自己穿过一个针眼
这首诗写给那些人们
那些盘旋着盘旋着
在以太边缘死去的人们

我有个恐惧
没有语言能　说
恐惧下坠，发不出声音
一遍又一遍　只有
只有嘴唇开阖的沉默
为什么我在英雄中间
才最懂得爱
他们扬帆驶向那完美的边际
——在那里没有人际能量
也没有掉下的沙袋[1]——
好用来测量高度

1　外国学校经常有沙袋从气球上掉下测量计算气球高度的数学题。

第三个十字架的沉默
第三个人挂在高处，这么孤寂
我们听不到他诉说
他的痛苦，他不存在的兄弟情谊
他和女士的味道有何相干
她们能啃噬他痛苦的残骸吗？

马来的廓尔喀族人
把骡子的舌头割下
让它们变成沉默的负重动物
去敌对地区受命
这般残忍在前，他们还有什么可说
成功的达希尔·哈米特[1]
难以容忍对话，转向
文字之间完美的空白

这种空白会生长
僵硬冷淡，靠着床
是一枚蛋——最美的时候
就是没有打碎的时候，那个时候
有我们看不见的东西在生长
披上种种我们看不见的色泽

---

[1] 达希尔·哈米特（Dashiell Hammett，1894—1961），美国侦探小说家，最著名作品是《马耳他猎鹰》(Maltese Falcon)。

还有那些生命燃尽的星星
在沉默中内爆
往昔也曾在空中盛放
这般舞步在前，它们还有什么可说　呢

初来乍到,对黎凡特地区语言又一无所知,马可·波罗难以表达,只能借助手势、跳跃、惊叹或恐惧的叫唤,学动物嘶叫啼鸣,或拿肩包里的东西——鸵鸟羽毛、玩具枪、石英石——拿出来在面前放好,用来比画。

——伊塔洛·卡尔维诺

凭窗而立的阿加莎·克里斯蒂作品

在温哥华岛上狭长敞开的房间里
坐在室内的牛油果旁
那里,春光入室
落在半遮蔽的球茎上

长长的屋子里灯光泻下
照耀低矮的橙子树
来自南美的藤蔓
还有凭窗而立的阿加莎·克里斯蒂作品

无名的清晨
颗粒和色彩的溶剂

有那么一道光,
无色的光,落在温暖
伸展的球茎上
那只做梦的牛油果

乡间的夜晚

浴室灯在镜子上洒下炽热的光

屋里一片漆黑
床帏在白日的疲惫下吱呀喘息
托住倦怠的肩膀,磨破
划伤的腿,还有凌晨
三点出人意料的勃起。有人梦见
锯子,有人
梦见女人。
我们都曾梦见找到丢失的狗。

楼上的最后一盏灯
投下环状阴影
穿过雕花的通风铁格
变成起居室的月亮。

沙发呼唤这狗,猫
浑身漆黑地走过壁炉。
在光明不灭的房间里
蟑螂在瓷漆上前进。
大腿珠宝色的蜘蛛和棕色的飞蛾
身上背着条纹
　　　　　顺着烟囱向上

去照镜子。

真实在一夜间展开。

移动弗莱德的茅房 / 松柏的老人病学

整个下午(露天放映场
的屏幕在远处许诺)
我们推着两个座位的茅房
移动一百米穿过他家花园

我们把它翻过来
然后再转一次,让它慢慢
停放在侧面
孩子们欢呼起来

年逾六十的它正经历转型——
淡黄的小花探头
伸出成为屋顶的潮湿木板
它就此变身屋子,到处是吵闹和逃窜
早晨的时候装满鸡蛋,
小鸡们的休憩地。

我们俩。大汗淋漓。
先用手托住底部
然后翻到上面,我们跟着它
转,花朵
从两个洞里面
伸出来,我们推着它小跑,最后向前一塞,

大家都高声尖叫让狗躲开。
弗莱德很能干——曾劝说年迈的笑星
重出江湖,拍了个电视系列剧
来抵挡罗德岛共和党人冲锋的民主

就这样神魂颠倒地跑过后草坪
陈年木材在我们手里散架

下午,安静的空间倾覆得彻底

伯克湖[1]杂货店的拍卖

灌木草坪
    拴着项圈的
狗,紧张地嗅着味道。
五十美分的床垫。五十美分
的门票,给大家私密的环境。

  一本雨水
浸透的杰克·伦敦作品
一幅杂志里的兔子图
四周镶着装饰钉图案。
六只小鸡,鸟笼(空的),
切酸泡菜的板

放在石头上
    还有树木

没顾上看
老妇人的眼睛
一头走进去,拿一个号
就有了报价的权力
陈列在外的都可以买。

---

1 伯克湖(Buck Lake),加拿大阿尔伯他省的一个村落。

在大太阳下立了一小时
我觉得她会拧下一只胳膊献
出来增加竞拍人的激动。
在某些仪式里我们只想要
得不到的。
但对她来说，哲尔曼夫人，
这是只针眼
世间痴癫之人在这里做出选择。
这样吧，我想说，
我出十元买这只狗
他有褪色工装布做的眼睛

远　处

坎皮恩[1]的有些诗我现在才发现
还有怀特[2]，只与最妙的人相恋
突然间我开始向往十六世纪的女人
她们险恶、手段高明，知道
通往国王的险梯

今夜我独自一人，与狗相依，闪电
来自怀特笔下的女人，她们
裸着身子进入他的卧室

月光和马厩的灯一动不动
每隔一秒一道闪电
我穿着单薄的蓝色大衣
在狗儿屁股后面
他们钻到门底下
感受到了远处
田里的牛群

我向外张望黝黑的草地

---
[1] 坎皮恩（Thomas Campion，1567—1620），英国诗人、作曲家、医生。
[2] 怀特（Thomas Wyatt，1503—1542），英国诗人，是将意大利商籁体诗歌形式移植入英语的诗人之一。

越过月光隐灭的地方

我的眼睛正对坎皮恩的笔墨

趟水去贝尔洛克[1]

深水中的两个人影。

他们的身形被拦腰切断
在水面上滑行。补给站河。
一百年前木材从这条河道里运走
推推搡搡地向两边伸展冲进贝尔洛克
再向下流过桥底抵达磨坊。

两个身影向前挪步
好像半截身子埋在了灰色的路下
他们脚步迟疑,在岩石的河底上趔趄。
水下的风景。双脚错过了什么?
乌龟、水蛇、贝壳。双脚忽略了什么
头脑无暇顾及什么? 两人轻轻
趟过乔治·格兰特笔下碧玉无瑕的田地
路过岸边血红的半边莲。

河流适合哲学,而所有思想
都关于河流的机理,都关于
让你崴了脚脖子的石子
你无意间撞了膝盖的暗礁——

---

[1] 贝尔洛克(Bellrock),加拿大纳帕尼河(Napanee)的支流,补给站小溪旁的一个村落,位于安大略省东部。

放慢动作的脚、大脑和用来平衡的手臂
想象盲目的脚步,水下的太阳
突然抓住榛果颜色的腿
还有脚上穿破的旧阿迪达斯网球鞋
特意穿上泗水去贝尔洛克。

路上的三个小时都谈些什么
趟着曲折难测的河水进城?
整个夏天都在谈些什么。
斯坦和我开怀、说笑,在夏日里疯狂
倚靠彼此存在。
为了取暖我们沉入河水。有时
只剩我们的头在水上
沿着黑色的玻璃滑行。

这里没有隐喻。
我们感受到河水的热度,雨水的凉意,
有些河段的泥土冒出气体,像放屁
踩上去就放出来,这些泥土还从没人踩过
所以你不能呼吸,天呢你可不能吸进这味道
只好飞快游泳让双脚离开历史的淤泥。
就在那里木材从
拉斯伯恩木材公司扑腾而下
而那些偷木材的人不得不身手敏捷
被抓住只好火速逃离这块地盘。

但对我们来说没有历史,没有哲学也没有隐喻。
问题是阿迪达斯鞋子的坚固程度
鞋子上的三道横线像鱼做的装饰般闪耀。
故事是说拉塞尔的手臂从绿色的田野里向外挥舞。

那天下午的情节是要去贝尔洛克
穿过湍流、瀑布和发臭的河水
到达有啤酒和毛巾等待我们的岛上。
那天晚上我们新近使用过的肌肉几乎没有疼痛
肌肉也没有收缩
也无话可说,唯有告诉你
河水难以置信,百折千回
看不到脚的时候,注意力都在脚上。
第二天一整天都在想
我们没有提起的事情。
我们罪恶的谈话
在水花和风中消失的断断续续的句子。

斯坦,我疯狂的夏季朋友,
为什么我们两人都日益疯狂?
顺游而下,去贝尔洛克
靠马厩的颜色辨认家的方向
指出北边、南边和西边,
除此之外只有绵延几英里的雨水
在一个世纪的中点
随着这个轻松愚蠢操蛋的情节进城。

猪的玻璃

你好。[1] 这是猪的玻璃
好像一小片浑浊海水

让野猪从土里拱出来
光滑如卵石
让它划过脸颊
你不会受伤

在我手上它是一种语言
埋葬了多年　碰碰它
放在肚皮上

    猪的玻璃
我想
是波特兰镇被埋葬的眼睛
慢慢消失的历史
等着猪哼哧哼哧拱起
没有过去，除非你呼吸一口
这块绿色玻璃的气息
      让它摩擦
你的肚皮或是脸颊

1　原文为法语（Bonjour）。

很多年前米克斯家
曾在这块土地掩埋锡器
陶叉子和身份牌
每天清晨
猪慢慢踱过海岸
又一次拯救这片土地
让它有重新接近铁锈的可能
一天早上我找到一整条车轴
还有一天发现一根手柄
但这可是猪的玻璃
它们用细小的牙齿咬过
又扔在一边。是这个早晨绿色的当下。
波特兰镇的珠宝。

还有曾在鸽子脚踝上套着的圈子
贝尔洛克奶酪厂的一张旧账单
一九二五年写给已故母亲的信
我在机车棚上的阁楼里翻找的
记载家人情感
和让农场天气奴役经历的日常随笔
硬纸盒里的工作手套
打着皱褶又硬又平,像一朵花。

午夜过后
伐木工从马车上

扔下的一个瓶子
在岩石上摔碎。
这块绿色碎片背负着
玻璃光滑地落地
时发出的砰一声响

现在的它如指关节回归光滑
如触碰舌头的一枚牙齿。
洞穿皮肤的舒适
藏在我口袋里的阴沉下午。
蛇纹罩。
一块玻璃执着的历史。

牛尘的时辰 [1]

在这个时辰我们小心移动
最后几丝光芒中

此时天空开启蓝色穹窿

我以为这个时辰属于我的孩子们
他们带牛群回家
百无聊赖地挥动着木条,
但黄土中聚焦的黄昏
无所不在——尼罗河边上
行驶的船只
像巨大快要淹没的鸟儿
我盯着水面,它梦想着
从我的舌尖洗去尘埃,
在这片土地上你的嘴
能感受鞋子的模样

所有一切削减自己只剩形状

黯淡的光芒冷却你的衬衣
男人走出理发店

---

[1] "牛尘"(cow dust)是印度英语特有的用语,表示牛群在一起走动的时候所扬起的尘土,牛尘的时间即傍晚放牛结束,牛群归圈的时间。

皮肤对空气敏感。
整整一天
尘土遮盖花岗岩的山丘
而现在
尼罗河忽成肉身
床上的手臂

在印度的缩微画里
我不太记得
这个时辰的意义
—— 人物都很小，
动物也见不到
只有尘土代表
对着天跺脚。
我能记得的解释
就是些突兀的可爱句子
说碗的颜色
和踩在莲花上的左脚
象征着分离。
还有关于上帝的故事
他们创造了绝美的女郎
自己也不禁在激情中燃烧
直至化为灰烬。
女人对宠物鹦鹉倾诉
孤单的男人对着海螺做梦。
这么多人

受着远方的河
温柔的羞辱

船只变得慵懒
在弓背的船夫身下
行驶
准备好面对月亮
像饱满的肺叶

再也没有
感知的深度
此时,有可能让
两艘船的轮廓
沉默地撞击。

宫　殿

上午七点　曙光初照的时刻

我散步走过宫廷
将护卫吵醒
　　　　　　围巾
绕在脖子上，嘴里
漏出白色雾气
长臂猿凝神踱步
在二十英尺高处
穿梭于炮楼拱门之下
行走于棕色护墙
边上
我独自一人
　　　　探身
　　　　　进入飞奔的空气

古老的国王曾发出一声嚎叫
将鸟群放走
如浪花般掷向下面的城市
庆祝自己的生辰
鸟儿需要进食的时候
会回到他的手里
与征收的谷物无异

拉贾斯坦邦所有地方的
宫殿寿命都不长
    在这个高度
    一阵红色的风
我冰冷的衬衫和毛衣

下面是白色的城市
一声漂亮的哀啼
从女人的嘴里升起
街上有三百台半导体
同时播放
乌代浦唯一的电台[1]

---

[1] 乌代浦（Udaipur），印度拉贾斯坦邦的一个城市。

乌斯维塔凯亚瓦 [1]

乌斯维塔凯亚瓦。夜晚走一英里

穿过村落里高高的
荆棘树叶做成的篱笆
突然飘出一股气味
倾泻进吉普车窗。

我们什么也看不到,只有
银灰色的荷兰运河
那里有色彩鲜艳的船只
夜里静卧如水上的面具
它们的字母表遗落在黑暗中。

什么也看不见只能想象
每种气味背后的故事
或者时不时一件白色纱丽
踩着自行车向前
如街灯里的飞蛾

    还有狗
从黑夜中探身露面

---

1 乌斯维塔凯亚瓦(Uswetakeiyawa),斯里兰卡西省加姆博拉区的一个小渔村。

在街上散步
双眼红如宝石
身材丑陋
    如此野种
它们似乎一觉醒来
发现夜里经受引诱
发生了一次离奇的变形，
其中一只拥有了蛇的脊柱
另一只嘴里衔着奇怪生物
（车灯将它们
从纯粹的黑夜中惊醒）。

这是一场梦幻之旅
大多数夜里我们都会经历
从吉隆坡回来时路过。

公路拥抱着运河
运河每过一英里
便向海里伸出一个手臂。

白天，女人在及腰的河
里游泳，离公路不远
我开车经过时一动不动
她们穿着水衣[1]

---

[1] 原文为斯里兰卡语（Diyareddha），意思是"水衣"，即斯里兰卡传统泳衣。

裹在手臂下方

女人们简短的句子

瘦削的男人们抹着肥皂的屁股

他们的手臂向上伸起

向自己头上浇水。

还有戴着眼镜的老迈长者

趟过运河

只有头露在水面

拖着我们看不见的东西

在身后的水下。

女人露出水面

撑起阴影的色彩

浸润的光鲜布料

如美人鱼的肌肤。

夜间行驶四周寂静无声

听得见海涛,咽下的气味

每一分钟都在变化——鱼干

沼泽地的香甜热酒[1]和多种咖喱

还有我们一直认不出的气味。

只有这稠密的空气

还有狗的神韵

躺在机灵鬼的皮囊里

---

1 热酒,即朗姆酒、糖和香料酿制的酒。

一次我们在夜色里看到
一个东西偷偷溜进运河。
然后就是我们认不出来的气味。
一只狗失去形状的气味。

战　争

科伦坡的黄昏

菩提树　阴暗了一天
聚拢消逝的日光

贝塔市场的小店上面是
一排绿色房间呵欠连连
自己投下的暗影中
—— 几百只看不见的蝙蝠
给演说厅定音
吟诵起古泰米尔语

亭可马里[1]
　　　　他们轻声低诉
是我的兄弟
我流放的原因
缓缓走过长路来到肃杀的北方
那里盛放的花是肮脏的鸟儿
明晃晃的,像海中提取的精华

---

[1] 亭可马里(Trincomalee),斯里兰卡海港城市,泰米尔和穆斯林人口超过了信仰佛教的僧伽罗人,内战期间是泰米尔猛虎组织的主要阵地之一。兄弟的比喻意指1983年至2009年的斯里兰卡内战,僧伽罗政府与泰米尔猛虎组织在亭可马里等地有过激战,也在诗中与美国漫画形象雷电侠的故事联系了起来。

游泳吧
  游进北方蓝色的眼睛
游过海洋乳白的表面
往下海水才会变深

雷电侠[1]
无声地飞翔
自言自语吐出不少话语框
跨过自己的大路

古老的勇士
是他兄弟
偷走了他歌剧般的嗓音

      下坠
依靠纯粹的肌肉
朝向邻居
血色全无 满满的
是午间的月光

只有他的孪生兄弟
知道如何在水上
施法对他不利

---

1 雷电侠（The Ray），美国DC漫画公司推出的超级英雄的名字，前后有四任不同的形象。

像乌鸦一般甜蜜

致赫蒂·柯利亚,八岁

僧伽罗人[1]无疑是世界上最没有音乐天分的一群人。
几乎不可能比他们更缺乏音调、节奏和韵律感。

——保罗·波尔斯[2]

你的声音像一只蝎子被推着
穿过一根玻璃管子
像一个人刚刚踩到孔雀
像椰子里嚎叫的风
像锈蚀的《圣经》,有人拉扯着刺钢丝
拖过铺着石块的院子,像快淹死的猪,
像瓦塔卡菜在煎炸
像晃动着骨头的手掌
像一只在卡内基大厅演唱的青蛙。

像一只奶牛在牛奶中游泳,
像一只鼻子让芒果击中
像皇-托板球赛时候的人群[3],
像满是双胞胎的子宫,像一条流浪狗

---

1 僧伽罗人,斯里兰卡占主导地位的族群,多信奉小乘佛教。
2 保罗·波尔斯(Paul Bowles、1910—1999),美籍作家、作曲家,1947年至去世的五十二年间旅居于摩洛哥的海港城市丹吉尔。
3 科伦坡皇家学院和拉维尼亚山(Mt.Lavinia)托马斯学院的年度板球赛,始于1879年,斯里兰卡最重要的体育盛事之一。

嘴里叼着一只喜鹊
像从卡萨布兰卡来的红眼飞机
像巴基斯坦航班的咖喱，
像着了火的打字机，像一百只
扁豆脆薄饼被捏碎，像一个人
在黑漆漆的房间里点火柴，
像把头伸进海水里去听到的礁石哒哒声
像一只海豚对着昏睡的听众吟诵史诗，
像一个人对着电扇扔茄子，
像贝塔集市里切菠萝的声音
像槟榔汁打到半空中的蝴蝶
像一个村子的人在街上裸体奔跑
把布裙撕碎，一个愤怒的家族
就像把吉普车推出泥沼，像针尖上的尘土，
像自行车后座堆着的八条鲨鱼
被关在厕所里的三个老妇人
就像我下午打盹时候听到的声音
好似有人戴着脚环走过我的房间。

和司凯勒看夜间电影

他回家的整整一个星期
都独自一人看夜间电影
无聊的一星电影,然后踉跄
走过漆黑的屋子爬到床上
中午醒来去修那辆破车
他回家就为这个目的

二十一岁,躁动不安
从温哥华岛上伐木归来
同伴们都用雷达杀私处的虱子
　　　有两分钟疼得弯腰
　　　接着马上冲澡!

昨夜我与他一起看《曾达的囚徒》
我年轻时看过三遍
对我的道德观无疑影响深刻。
热咖啡香蕉和奶酪
我们十一点半开始历险。

每一次播放广告,斯凯
都开始练习吉他,这大半夜的
低着头大声激烈地弹奏
电影重新开始音乐就戛然而止。

司凯勒最喜欢一个人的时间
在煎锅里炸随便什么玩意
像《圣经》一样翻阅《高级吉他》。
看电影的时候交谈
广告上来便进入私密状态
或起身去喝咖啡或推开
纱门去树底下撒尿。

对着一九二〇年代英雄的烦恼大笑
还有不简单的台词,突然切换到法庭官员
他眉头抬起起码四吋的时候
恋人接吻的时候……
只有恶人亨曹的鲁伯特的疯狂[1]
才为我们所爱。
　　　　不过我们
还是在一点半被感动了
看着司徒沃特·格兰葛一没女人二没国家
骑马走进日落,只有道德和马无恙。
完美的世界不复存在。香蕉皮
橙子皮烟灰缸和吉他书。
凌晨两点。我们蹒跚着
走进屋子里迟缓的黑屋子。

---

1 《曾达的囚徒》(*Prisoner of Zenda*) 是根据安东尼·霍普 (Anthony Hope) 于 1894 年出版的同名小说改成的电影,诗中提到的"亨曹的鲁伯特"(Rupert of Hentzaw) 是小说中的恶棍。之后霍普也专门写了以鲁伯特命名的小说续集。

我躺在床上全无睡意。黑暗
的呼吸有着狗鼾的节奏。
影片重现,背后想着
布鲁斯吉他复杂的旋律。
斯凯勒先是鲁伯特后来又是主人公。
他再过几天就要离开
去蒙特利尔或者马里泰恩[1]
我孩提时代的电影里主人公
在挥剑献技和道德胜利之后
总是净身离去,对未来
没有任何打算。

---

[1] 马里泰恩(Maritime),加拿大北部的一个地区,包括纽布伦斯威克省、新斯科舍省和爱德华王子岛。

萨丽·切瑟姆／凌晨四点，关于比利小子的临终遗言[1]

致南希·比蒂

坚硬的橙色月亮，取代了比利头颅的位置。
我已经在自己房间里
踱步五分钟。找一支烟抽。
这是他教我学会的恶习。
他向我演示怎么拿烟怎么上瘾。

我找了一遭，抬步向前
抚摸窗台
就看到月亮晒黑了的脑袋。
他的身子是我家园子里那棵孤树的阴影。

我坐在桌边。
比利的嘴试着
要把我脚上的碎木片拔掉。
脚下粗糙的皮肤。
什么也没变。我能感到他的牙
精准地咬入。然后将脸后仰

---

[1] 比利小子（Billy the Kid，1859—1881），枪手，出生于美国大西部。作为枪手参与1878年林肯郡战役（为垄断墨西哥领地的干货贸易所进行的战役），之后与奶牛牧场主切瑟姆发生冲突，后者说服比利原来的朋友加勒特任林肯郡警长，最终杀死了比利。萨丽是约翰·切瑟姆的侄女，留下了自己的大量日记，其中记载了对比利的爱慕。

咧开的嘴里含着什么,说找到了。

你到哪儿去了我问
你到哪儿去了他回答

我已经进出每个房间三百次
自从你离开之后
在这个房子里我已经走了六十英里
你到哪儿去了我问

比利是个笨蛋
就像那些双面镜
你翻转过来还是看得到自己
而镜子背面也总有影像。
阳光。橱柜旁的阴影。

他对着假人射了两颗子弹
那是我做衣服的模特
射在乳头的地方。
并不滑稽,可我们还是笑个不停。

有天早上他还没起身的时候
我推开房门从客厅里看他
他好像正在做严肃的梦。
全神贯注。生着气。就好像墙纸
从墙上扯了下来。

比利的嘴就在我脚边
要把木刺拔掉。
这是我说的?

这是有一天午饭前的事。

我还活着
认识他已经三十七年。他是个笨蛋。
就像我跟你们说过的那种镜子。

我躺在床头
抽完了我的烟
现在却找不到烟灰缸。
我把烟掐灭在窗玻璃上
碾平
月亮就在那里
他笨笨的眼睛里。

纯粹的回忆／克里斯·杜德尼[1]

听着，那件事太野蛮、太残忍、太强悍了，
尽管似乎毫无来由我却
知道绝不是偶然

——克里斯托弗·杜德尼

1

一次英属哥伦比亚电台节目中那个男人边举起咖啡杯边问我，你最近喜欢过一些什么书？克里斯托弗·杜德尼的《伦敦安大略的古生代地质学》。不过我没说出口，说不清"古生代"这个词……古生……鼓生……接着说"地质学"的时候又口齿不清，好像是一种病。我听上去就像个白痴。与此同时那个男人做着无声的吞咽动作。喝咖啡的时候离麦克风一时，毫无声响，很有职业素养。并不在乎我在全省直播中陷入深渊。

2

我记不起什么时候第一次遇见他。某一时刻突然开始意识到他喜欢哧哧地笑。太阳晒过的头发、太阳晒过的脸、太阳晒过的衬衫，动不动扬起笨拙的头颅，发出哧哧哼哼的声音。他的手臂四处挥舞。

---

[1] 杜德尼（Chris Dewdney，1951— ），加拿大诗人与散文家。

3

还有那孩子。他给我看他四个月大孩子摇篮里的地球仪。不过球被卸下来过，然后颠倒着装回去，非洲和亚洲统统四足朝天。这样的话她长大以后就必须重新来面对这些形状。

4

他来赴晚宴，一踏出车门就把一个十年之久的近郊住宅花园变成了古代历史。跪下来指出岩石和土壤的年龄、谱系和性质。他特别喜爱诺福克松树。我从油砂里掏出一块一亿两千万年之久的木头，他嗅了嗅。

5

他还是孩子的时候他的父母常常接待客人，最后总是让他去睡觉，他喜欢让他们难堪，一溜烟跑掉，从桌子下面钻过去，一边还大叫"不要打我，不要打我"。

6

他最发窘的时刻。多伦多一场诗歌朗诵会。他坐在前排，但意识到对这些诗歌很憎恶。他不动声色地四周张望，寻找出口，发现在好远的地方。不过看到在右边离他不远的地方还有一扇门。一首诗结束的时候他起身一本正经地走到门边，打开走出去，然后在身后把门关上。他发现自己身处一个黑暗的储藏室，长两尺宽三尺。什么东西也没有。等了一会，他开始大笑痴笑。笑了五分钟，他觉得观众多半听到声响了。镇定下来之后，他打开门走出去，走到位子上又坐了下来。

7

马车房出版社,一九七四年十二月。我已经很长时间没见他了。他神色严厉,有什么东西消失了。并不是更瘦削,只是脸部失去了特征,有向生肉转化的趋向。不过并不是瘦。他忙着写新书《视网膜中央凹》,我看着他独自一人坐在楼上空荡荡的后房间里,只有一个排字电脑。我看不出他脸的全貌。这张脸很"紧",好像他套了一只袜子在上面准备去抢劫。他拽着按键,对着这架机器说话。我看到他开始为了什么发笑,才松了口气。我告诉他我过一周要南下去伦敦,他说要给我看他的蝴蝶,他买到了两只蝴蝶标本,价格还不错。要是我不跟别人说,他就告诉我哪里有卖。一个伦敦安大略的中国佬卖给他的。我大笑起来。他没有。这可是严肃信息,重要的罕见信息,就和岩石的历史一样——这些粉尘一般的柔弱羽翼也有自己的历史。

8

他最喜欢的电影是《地震》。他站在公寓中央,激动地告诉我所有细节。他给我看美丽的化石,一张《伊甸园以东》里詹姆斯·迪恩揍弟弟的海报,还有两只精美的蝴蝶标本。

9

回多伦多的路上我手里捧着罗伯特·佛恩斯为他画的肖像。包在一张棕色纸里,放在头顶的行李架上。汽车转弯的时候我把手臂伸进昏暗的过道,万一画掉下来可以接住。这张画颇有些古怪,他坐在藤椅里,身边是一株植物,眼睛很东方,读着弗兰克·奥哈拉诗集。画像日期是一九七三年,那时候他脸上还有肉。

10

他妻子脑部大出血。换我应付不了这事。他二十三岁,他应付着。非洲亚洲澳大利亚都颠倒过来。地震。

熊　抱

格里芬打电话叫我过去给他一个睡前吻
我大声说好啊。做完手头的事,
然后再做一些,慢慢绕过
转角来到儿子房间。
他站着伸开双臂
等待一个大熊抱。咧着嘴笑。

为什么我要用动物命名自己的情绪,
给它死亡的一掐?
为这个拥抱,他收拢
所有微小的骨头和温暖的脖子靠着我。
他瘦弱紧凑的身子藏在睡衣里
像血液做的磁石吸在我身上。

他站在那里有多久了
保持这个姿势,在我来之前?

淘汰舞[1]
(幕间休息)

---

[1] 淘汰舞(elimination dance),翁达杰自己想象的一种舞蹈形式,舞曲开始的时候,舞池拥挤,一名喊话者不断喊出对某类人的描绘,符合描绘的舞对子就必须离开池,直至最后只剩下一对舞者。传统的集体舞——如方块舞——也需要一名喊话者不断报出舞蹈程式,翁达杰在此基础上设想出一种由喊话者决定去留的集体舞形式。

"没有任何读物告诉我身体这么不公平"

——约翰·纽勒夫[1]

"熟透实乃衰败,光阴去而不返"

——杰弗里·乔叟

---

[1] 纽勒夫(John Newlove,1938—2003),加拿大诗人。

那些对大海过敏的人

那些抵御堕落的人

分几次剃须的男人，停下来是为了拍照

美国摇滚明星，身着多伦多枫叶冰球毛衣

在外国旅游用棉签吸干耳朵的人，结果取不出棉花，又没法解释自己的问题

那个绅士：他把麦克风放在吃饱午饭的裸体女士肚子边上，将声音放慢后去集市上谎称是鲸鱼的声音卖掉。

那些表演诗歌的时候向第一排吐唾沫的演员和诗人

担心会打盹而被割草机卷入拖进游泳池，因而不敢使用电子割草机的男人。

任何一个和甜食一起吞下主人隐形眼镜的客人

任何曾有过以下梦境的人。你梦见你在一个大城市的地铁站里。看到远处的一个咖啡机。你放进去两枚硬币。亚瑟王的圣杯突然掉下。献血洒进基督的圣餐杯。[1]

任何曾在邮寄过程中丢失了尿样的人。

所有认为尿样（urian sample）前面的冠词应该是（an）的美文家。

任何与爱尔兰流浪汉组合[2]的所有成员一起乘过电梯的人。

那些填写过加拿大数据局发布的一份双语、有关猪的保密调查表的人。（以下是法语；一份有关猪的调查，保密材料）

---

1 圣杯（holy grail），亚瑟王传奇中出现的圣物，有带来富足、幸福和不朽青春的功用，象征骑士的最高精神追求，意象源自凯尔特人传说。后来在基督教文学中与基督在最后的晚餐所使用的盛酒器皿（the Holy Chalice）联系了起来。
2 爱尔兰流浪汉（Irish Vagabonds），爱尔兰音乐家组合，最初成立于1963年，目前成员中有半数生活在加拿大。经常在北美表演爱尔兰音乐，并多次在加拿大世界博览会上代表爱尔兰。

那些给古老的玫瑰十字会[1]写信索要免费的《生命的奇迹》,想要以此释放内在意识,体验灵魂短暂飞翔的人

那些不小心把自己给装订起来的人

任何被加拿大骑警给穿透过的人。

任何与尚·热内[2]的硬纸板肖像跳过舞的大学教授。

那些不小心在一家露营用品店把自己关进一只睡袋的人。

任何一位因为节育环而在机场触发警报系统的女性。

那些游泳之后发现水流从耳朵里向外滴落很性感的人

从来没有抚摸过惠比特犬的男性

---
1 玫瑰十字会,秘密教团,据说起源于中世纪德国。
2 热内(Jean Genet, 1910—1986),法国小说家、剧作家和诗人。

因为胸部感觉受到挤压而放弃拉手风琴的女性

那些在开动的卡车后部向外撒尿的人

那些醒来发现厨房地板上一排孔雀湿脚印的人

任何因为在电梯里进行性交而导致膝盖受损的人

那些哪怕是动过以下念头的人:偷偷靠近敌人,拿两只比克打火机,同时按下释放丁烷的开关——分别对准敌人的两只鼻孔——就这样把他熏死。

游过赫勒斯滂[1]的文学批评家

任何被雇佣为"职业敲打手"让松鸡吓着跑到母后大人那里去

---

[1] 原文为 Hellespont,旧称达达尼尔海峡,位于土耳其西北部,连接爱琴海和马莫拉海。古希腊传说中,青年利安德爱上了住在赫勒斯滂海峡对岸的女祭司希罗,每夜游过海峡与希罗相会,某日溺亡,希罗跳海殉情。文艺复兴时期英国剧作家马洛根据这个传说创作了长诗《希罗与利安德》(*Hero and Leander*),后因去世而未完成。

的人。[1]

任何一个在情人节跑到花店去,想买女萎花但脱口而出阴蒂[2]的热恋中人。

那些在海湾街车站的厕所里在简短的骂人话和恭维话下面发现了自己电话号码的人

那些曾尝试以下引诱技巧的人:
  ——在猎鹰大会上与人搭讪
  ——假扮成福特·马多克斯·福特进入水疗城
  ——在《李尔王》的暴风雨那一场里,在后台扭动胯部做性感状
  ——在约瑟夫·康拉德作品的前言里划出有暗示性的话

任何在法庭上作为一只狗的性格证人提供证词的人。

---

1 这里可能暗指作家石黑一雄。他年幼时曾经在英国女王宅邸之一苏格兰巴尔莫勒尔城堡旁的石南丛里帮助女王狩猎,惊吓松鸡,使它们聚集到女王附近。
2 Clitoris(阴蒂)和 clematis(女萎花)词形相似。

任何为了拍摄书封面照片而做过以下姿势的人：跟两只公鸡一起坐在一九五六年声场的道奇车的后部；身着燕尾服以远处的希尼歌剧院作为背景；用一罐荷兰清洗剂辅助研究消失点的人；靠在墓碑上在身后打光；脸上戴假鼻子；站在马丘比丘附近；坐在书房里凝神注视自己的书。

还有那个人：他借了我的马丁·贝克惊险小说，在桑拿房里读，致使书侧脱胶书页飘散到地板上，只好把书页用订书机顶起来再还给我，以为我不会发现

任何在酒精控制董事会失声痛哭的人

任何有痛苦的人

现世之爱

"你是一个演员,是吗?"

男人沉默地点了一下头,把眼光挪开。

"我在电影里看到过你。你总是一脸窘迫的样子,好像不知接下去该说什么话。"

男人大笑起来,又一次把眼光挪开。

"我觉得,你的问题是总有些放不开。作为演员来说,你脸皮还不够厚。我认为,你应该学会正确地跑,学会正确地大笑,把嘴张开。我注意到你即使在打哈欠的时候都不敢完全张开嘴。下一部电影里你得让我看出来你明白我的意思了。其实你至今还没被发掘出来,我期待看到你在一部接着一部影片里变老。"

——彼得·汉德克,影片《左撇子女士》[1]

---

[1] 彼得·汉德克(Peter Handke,1942—),奥地利小说家、剧作家和政治活动家。中篇小说《左撇子女士》是其1976年作品,1978年由作者和导演文德斯一同拍成电影。

克劳德玻璃[1]

一面略微凸起的黑色或有色的手持镜子,用来浓缩风景的特点,并使之色泽柔和。

"格雷走到哪里手里都拿着那个漂亮的玩具——克劳德镜子,让美丽的风景变成明暗交错的丰润映像。"

——格斯(1882)[2]

---

1 克劳德玻璃:表面黑色的微凸玻璃,以十七世纪法国风景画家克劳德·洛林命名,画家用来创造与洛林作品画风相似的风景画。背对风景,观察玻璃里的影像,能产生简化风景的色彩层次,并使之披上黄色的柔光的效果,符合十八世纪末十九世纪初的审美观。
2 格斯(Edmund Gosse,1849—1928),英国诗人、作家和批评家。

他得知了
昨天晚上自己的行径。

事情起因于潘趣酒盆子
就放在排球场边上。
他跳着舞摔在咖啡桌上,
问自己的儿子你就是个混蛋吧,
老是跟我说我喝醉了。
又亲吻女人的手臂
对朋友表示怀疑,到猪圈旁
给五头猪唱小夜曲
对着花园举起酒杯
走过一扇扇门
进入黑暗田野
扑倒在地。
他夫人几乎抬着他回家
从赶路回家的汽车缝里救他出来,
今天早晨还抱怨
肩膀酸疼。
   后来
他十三岁的女儿挣扎着
把他抬进屋后的厨房
当时他已昏睡,头枕在石头上,
不知道自己到底在黑黢黢的田野里寻找什么。

他一直就喜欢那古老的黑夜

夜里巨石平躺，如日式矮桌
他可以退下衣服
就着月光躺在白昼的热气里
在石头上变硬，湮没
在天边星星织成的网里
像条巨大的鳟鱼

他能感觉到天际
在头顶摇晃
自己穿过黑色田野
亲吻树木的枝干
或者把耳朵放在石头上任它摇动
然后又站起来凝望那座屋子
和它四周岛屿般的灯光。
他知道身边正在发生着什么
独自一人张开双臂
想要抓住离他远去的一切。

他突然又来到火热舞会的中心
晃着醉步靠近女人，她们都绕着
一道忧郁的阴影旋转。
就是那个说想要找到
最黑暗的地方，挥手道别的朋友。
他不是一个迷路的醉汉
不像他的父亲和朋友，他说
他可以站在一枚十分硬币上，可以的

即使是现在
在这明亮的黑暗里
青草失去了色泽,这里他妈的
全是叶芝和月光,他知道
这无色的青草正把他的脚染绿
这是魔幻的时间
不论他有多少忧伤
都会咧开嘴笑。
夜晚的某些时段里
鸭子不过是风景
不过是噩梦里传来的声音。
黄鼠狼披着鸭子的血
回家,就像披着围巾,
奶牛在天边起夜
　　　　　黑色
的蔬菜在地底下哼鸣

但他的嘴
　　　　想念青梅。

他从一间房间走到另一间
地上满是棕色啤酒瓶
打碎了躺在他脚边
打开锈蚀的长门
走向看不见的田野
这么多年昼夜相伴早已熟悉。

他在微风中打鼾

带着一股味道

好像仰天躺着的牛群。

这个地方缺少的

是洗浴房上的白色油漆

桉树的分泌。

月圆之夜

岩石裸露的地方发着光

黄鼬对着空气抽象地喷射

奶牛打着饱嗝好像在尝试说出

弗朗西斯·蓬热的名字。[1]

他的醉态需要与地点咬合。

巴伐利亚的路德维希[2]的屋顶花园——

玻璃植物，铁做的鹦鹉

维纳斯山洞，喜马拉雅的柏油帆布。

在厨房水槽边他告诉某人

从今以后我只饮用美景

——来，给我倒一杯西班牙。

打开门踉跄出去

血液如磁带流遍全身

---

[1] 弗朗西斯·蓬热 (Francis Ponge, 1899—1988)，法国散文家、诗人。

[2] 指路德维希二世 (Ludwig of Bavaria, 1845—1886)，维特尔斯巴赫王朝的巴伐利亚国王。此节之后罗列的都是其御花园景点，维纳斯山洞是以瓦格纳歌剧《唐豪瑟》(*Tannhauser*) 的第一幕为基础建造的。

远离灯光,解开,
成为船夫的欲望。

小心翼翼地
　　　　他回想起
他对河流醉醺醺的邀请。
他驾驶着这辆特棒的车
穿过糖枫林驶向夜间蓝色的河流
步出车身
对树枝说话
还有蟾蜍的吞咽声。
动物细微的鼓掌声。一条蛇离开小径
像临时的化石。
　　　　他再次
回归换挡杆
和方向盘的丛林
生机焕发,左手臂
从窗口伸出
试着把经过的漆树
松柏　树丛　落叶松
拉扯进车身
　　　　就这样去舞会。
他怀抱醉态张开双臂,像一扇门
车顶上的隐形昆虫
从光束中像陨石一般升起
像月亮碾碎的尘埃

……他等待着名叫洛尔迦的魔法之星[1]。

房屋前方的草坪上一块床单
缠挂在水平的枝桠上。
一台投影仪开始依次展示
旅行、地貌和亲戚，
朋友们纷至沓来，投影仪披着
鹅卵石般的水珠，正在造雨的样子。

后来荧幕被风儿吹落
粉末般散落在草地
图像四散而飞不知所归
嚎叫着颜色越过南安大略省
让牛蒡穿上衣服
让大黄变成飘浮的鸭子
风景和故事
都抛甩到树枝里
小狗在荡漾的秋千下行走
投影仪的光束在他左眼中爆裂。
坠落的荧屏和洛尔迦星飞扑而下
有人起身举杯
伸进蔬菜苗圃
朝向豆荚缓慢愚蠢的生长。

---

[1] "洛尔迦的魔法之星"可能暗指西班牙诗人洛尔迦在1927年绘制的一份诗歌天体图里将自己画成最大一颗行星的轶事。

就在这个时刻
死人坐下
给彼此写信。
"关于我们从未在延续至清晨
的舞会上说过的话
我赤裸的脚下踩着玻璃
厨房的法规被打破
每一个字在我嘴里
滑动,就像肌肉……"

这个时间最适合突然的旅行。
　　　　　塞万提斯接受了
十七世纪来自一个
中国皇帝的邀请。
中西语言学学派!
世界的河流交汇!
这里
鸭子披着亚洲
在异域的水上旋转。

清晨四点,他在白色床单中醒来
床单里的热带温度不减。
被邀请的河水流淌过房屋
流进楼上的厨房,
他醒来,在水里迈步。
在微弱的光线里

他看到水下的土耳其地毯，
低矮的板凳，钢琴
踏脚的光辉，甚至有一条昏睡的狗
可能正做着下雨的梦。

这是他曾在他处趟过的河流
如今来造访，在他胯部处移动
有一个睡在椅子里的朋友
头枕在桌上，手里
还握着杯子，双腿没在水下。

他想要放松
向黑夜投降
直直倒下然后游到
黑暗厨房，那里他的女儿正在熟睡。
他想要游泳
游到每户家里凝视
看他们在水下的梦境
这一连串魔法般的水泡之链。
妻子、儿子、家里的佣人，所有人
在这干净的河水中相当惬意。

他知道，已经几个小时
没有谈话了，
舌头因为酒精变得蠢笨
沉睡的嘴犹如呵欠的照片。

他站着静静等待,像个卫兵
来回地蹒跚踱步,愤怒
和欲望映衬着黑夜
假如他闭上眼,
就会失去一切。

   烤箱里的灯
透过水流向他照射
这是沐浴之城 一艘鬼船
几被湮没的房间

蟋蟀就像小图钉
将黑色幕布钉在
这天的夜空上
开始互相诉说它们
迟疑而纠结的警句
跨越整个房间。
     吱吱声和回声。
吱吱声和回声。此时他的头脑绝对清晰
知道自己身在何处。

锡屋顶

她犹豫了。"你这算是浪漫吗?"
　　"我是想告诉你我的感受
又不暴露自己。你知道我的意思吗?"

——埃尔默·莱昂纳多[1]

1　埃尔默·莱昂纳多（Elmore Leonard，1925—2013），美国作家、戏剧家。

*

为了一份智慧
你伫立三天
思绪各就各位

或对或错

     你说着话
   不知道
是天使还是恶妇
在你心里扑腾

向窗外望去
期待着提示卡
在空中闪耀。
     难题得解。
去年我肯定
自己要死了。

*

这个房间的地理　我熟悉极了
今晚　我可以在黑暗中起身
坐在桌旁　不依靠光线写作。
我在这里，雨水温暖的地方。
小小的木屋——一块玻璃，木片，
太平洋上漂浮的锡桶。

　　　　壁虎攀爬
上窗户向里张望，
一整天淡蓝色海水的控诉
触碰火山岩做的黑色海岸

在这里破碎

*

如何才能做到
在海的边缘
淹没

      （如何开车
行驶在哈那路[1]上,他说——
一只手握着啤酒
一只手放在你的腿上
一只眼睛看着大路）

海浪一整天都纵身拍上悬崖
在夜晚失去
淡蓝色

他从床上起身
风从三个方向
落下,来到他刚才寄居的
床单做的半岛
如海水般失色的半岛

站立在宽松的绿色和服里

---

1 哈那路(Hāna Road),连接夏威夷岛屿卡胡鲁伊和毛伊东部哈那镇的公路。

旁边是大块玻璃,向外凝望

透过壁虎
越过悬崖
眼光探入海里,

   那是他喜欢的未知的魔力
将自己扔进

   蓝色的心脏

*

告诉我
你知道的
一切与竹子有关的事

长势狂野,绿意葱茏
连成柔软的拱顶
装点寺院领地

传统

穿透手掌
和心脏
好比一场折磨

更重要的是

    这

根细小的竹竿
接近水平的位置
每隔十秒
滴下水珠
落入一只浅口碗

我爱这一切
就在这里
一言不发
只有水珠
轻轻落下
还有玄铁佛钟的轰鸣声
在心里飞驰
正如颔首行礼的竹子

*

一个买酒的男人
小店里有雷尼尔啤酒
他会满意吗?
冰冷的冲凉水,电煎锅,
电视里播放的是《红河》[1]
哦他会满意的

(你想要
　　　　开心并且不断写作吗?)

他碰巧喜欢这个地方
这种突兀的奢侈
——没有扶椅,冰箱里满是啤酒和芒果

　　　　　　沉淀。

避免讲故事　　拒绝移动

我们所有关于睡眠的叙述
不过是岛屿耳边轻柔的隆隆声

---

1 《红河》(*Red River*),1948 年出品的美国西部电影。

和服上
　　不该有的口袋

衣袖般的心灵

*

木屋
　　　的锡屋顶
风力收音机
捕获世界的噪音。
他聚焦于壁虎
几乎透明的身体
这就是他现在的感觉
一切都像光穿过他身体。
在有些镜子里
他根本看不到自己。
他很快乐难以自控。
仿佛在悬崖边上被人一拉。
保护他的
是衣袖里的温暖

其他也没什么了,真的

*

我们走遍地球上的蛮荒之地
在哪里都发现道德问题

约翰·韦恩和蒙哥马利·克里夫特[1]
会带着他们的牛去密苏里和堪萨斯吗?

今晚我附身太平洋之上
它蓝色宽广的绸缎
被生物围绕
它们发出
  啧啧啧声音
揶揄我行动突兀
其他什么也不说。

有些人在里面
有些人向里面张望

微小的皮革指头
拥抱玻璃

---

[1] 约翰·韦恩(John Wayne,1907—1979),美国演员,西部电影长盛不衰的明星,美国的重要文化符号,因为所拍摄电影包含对印第安人的仇视态度与其本人的政治立场而为二十世纪末批评家所诟病。蒙哥马利·克里夫特(Montgomery Clift,1920—1966),美国演员,1950年代好莱坞影星。

*

屋外回廊上
薄瓷
叮叮

   借力
太平洋来的风

海洋的钟声

   我不知道
橘红色大花的名称
它在咸味的空气中盛开
微醺地
靠在阶梯上

参差的香蕉树
岩石上厚厚的苔藓
纵身而下
直奔黑色的火山海岸

从这里入海不可能
除非以暴力为之

我们是如何从薄瓷
出发，终于

到达这般毁灭

*

整个夜晚
　　　海浪
拍打触摸火山。

有个女人
抓住我的头发
像个受惊的孩子。
收音机尖啸着
在一段失落的电波上下浮动。

整晚都在播放松弦音乐
鸟儿哼唱《杜伊诺哀歌》
杜伊诺,歌词和曲调
缠绕在卵石间
海面凝结不动。
狂乱的海面和她的文明
是神风连
死亡的传统。

　　　还记得
那些电影里的女人
在他们死去的男人
头发里哭泣?

*

走上楼去
把衬衫挂在
羚羊
硬挺挺的耳朵上

在床上方
  回忆
不安分的绿色竹子
  好比远处的军队
集结木头长矛

她的双脚紧扣
搭在天花板上
眼睛照着大海

正阅读这篇文章
一八二五年的报告《痛风生理学》
有关块菌的人工培植
提到
 "无用功
和欺骗性承诺,"
这是烹调艺术的戒令

对身体
道声早上好
你好乳头
还有附着的疤痕,像一封
来自墨西哥医生的信
激情太多

你的脑后这么多噪音!

心灵在鼓掌
像绿色竹子

   这个耳环
 它
转了一圈
  掉下去
   坠入耳朵里的水潭

拍打在黑色石头上的浪花
一千年之久的石头
燃烧的红河
够不到我们

*

木屋

"工作"[1]

  花朵一般的木头
我们从这里起身
离开蓝色床单
你像地平线那么纤细
伸手去够灯或书
我的衬衫

  饥饿地
要拥有对方的一切

我们住在不属于我们的地方
窃取时间
  骄傲不会阻止我们乞讨,
即使这是我们
最后一次看到对方的笑脸和星星。

这种短暂

---

1 原文是夏威夷语(hana)。

没有任何无奈
我们整个地吞下

我会知道这里的一切

    这只杯子
       在我胸口上平衡
   我的眼睛目睹花瓣
   从序列中坠落
   你的手臂

永远

在我们的愤怒中岌岌可危

*

每个地方都有自己的智慧。来吧。
是时候谈论海洋了,
长长的波浪
  　　　　"困在岛屿周围"

*

有些地图上的描绘
与表面无关

还记得天使,和飘浮的指南针
——还记得波多兰地势图[1]如此复杂
我们对着它看,分不清
哪里是地面哪里是海洋?
就像那些草原绿的鸟儿
看不清天空的方向
一头栽进大地
(还记得那些女人
说死去的矿工
是他们深陷其中的煤炭的颜色吗?)

海洋地形图让我们惊讶。
海床的样子
海槽,光秃秃的蓝色沙漠,
恒河扇形地,马斯克林海盆

所以我们现在可以
在理想情形下

---

[1] 波多兰地势图,基于航海家目测和指南针方向绘制的航海图,最早出现于13世纪意大利。

计划一次散步
走向新大陆
"走一次伯里曼之路"[1]

在海底
可以看到
巨大的划痕
昭示痛苦
标记着
某个完美的动物
从天而降
把自己埋葬在
闪亮的
舞会大厅

也或者这些划痕与上升有关,
是过去的我们,渴望地平线的
地球生物。
有一件事情我很肯定
我们岿然不动的
文明的脚掌
我们小巧的皮鞋
不是划痕的来源

---

[1] 应该指美国诗人约翰·伯里曼(John Berryman 1914—1972)投密西西比河自尽一事。

(啊你应该高兴并且不断写作)

我要那种激情,能
把你的脚搁在天花板上
让这只拳头
向前出击

把这些丝绸
　　　——不知为何发出啊的声音
从诗歌的房间里拿出去

(听着,孤独,× 写道,
不是绝对的状态,
只是一种休憩地)

听着,最终
从天使到巫女的旋转
依赖于小事情
这只动物,这个问题
你幸福吗?

不我不幸福

但还算幸运

*

雨夜对谈

  致敬，向
被忽视的
西班牙乳头
   棕色的马德里乳晕
俄亥俄女孩们的膝盖骨
跪在男人们的手掌里
等着被抛向高空
抛向云霄
升到足球场上空

  致敬，向
长腿的
堪萨斯女人
早晨五点轻声说早上好，
  怔怔的
在阳台的月光里

前一天晚上阵雨不断
在雨中行走行走
紧紧关上车门
把我的饥饿写出来，阳台

就像入口
通向自杀之城

向长腿致敬
驾车回家
在越来越多的雨水中
编织,如单向的
孤独对话
越过山脉

你带着的
是什么?你脑袋里
那天夜里和苏里
小姐?堪萨斯小姐?

我把我的手
出着汗的手
放在冰冷的
窗玻璃上
城市的凹槽
边缘?

*

随着逻辑规则崩溃
成不了撞人逃跑的司机
我想要弗兰克·西纳特拉[1]
我想到蓝色睡衣
电影和歌曲哺育我长大!

我能写的一组诗歌
为鲍嘉[2]写 喝醉了
卡萨布兰卡的别离已经过去六个月。
我看到他躺在斯拉夫扬斯卡艺术节[3]
饭店的风扇下
他很快就能看到真相
他姿态愚蠢
他会在旋转金属
的空隙里看到

  愚蠢的混蛋
他对自己说,愚蠢的混蛋
把靠在自己裸露肚皮

---

1 弗兰克·西纳特拉(Frank Sinatra,1915—1998),美国歌手、演员、制作人,美国文化标志之一。
2 鲍嘉,指亨弗莱·鲍嘉(Humphrey Bogart,1899—1957),美国演员,在电影《卡萨布兰卡》(1942)中饰演酒吧老板里克。
3 斯拉夫扬斯卡艺术节是白俄罗斯的一个艺术节,从1992年开始,一年一度。

上的酒瓶扔到

街上去。杜松子酒流

出来,好比一株四片叶子的三叶草。

我曾经很走运他说

我有白色西服黑人朋友

他能弹奏钢琴……

     而那

是我只看过一遍的电影。

那么博特·兰卡斯特如何呢

在《高空秋千》[1]的结尾跛足独行?

出生于一九四三年。那个电影我看了六遍。

(长大的时候我就知道永远也不会飞翔)

那就是我。你。我们的成人教育

来自《珠宝》[2]。不要问我

如何阐释《乔治夫人》[3]。

那是九分钟的歌

两小时的故事。

我们如何讨论

---

1 博特·兰卡斯特(Burt Lancaster,1913—1994),美国演员,1956 年的美国影片《高空秋千》(*Trapeze*)主演之一。
2 《珠宝》(*Jewel*)是 1933 年英国影片。
3 《乔治夫人》(*Madame George*)是北爱尔兰出生的英国歌手凡·莫里逊(Van Morrison,1945—)于 1968 年录制的歌曲,时长十分钟,讲述虚构的乔治夫人的生平,对其死亡表示悼念。

对孩子的教育?
让他们成为浪漫主义者
猛然转向多愁善感?
把他们像托尼·柯蒂斯[1]般扔到空中?
让他们做三空翻
忍受各种挑战
和戒令?

---

[1] 托尼·柯蒂斯（Tony Curtis, 1925—2010），美国演员。

*

哦,里尔克,我想像你一样平静坐下
或漫步城堡,避开厨师卡罗的走道,
他从萝卜汤深处相信
你说话的声音是魔鬼。
我想要朋友提起过的绵延诗行
摇晃嘟哝的竹子
就好比木头牙齿,藏在我手头薄薄的诗集里
其中有杜伊诺城堡的童稚画像。
我围着你的书绕圈好多年了
就像海浪爬梳
大海绿色的头发
保存在身边,你的名字
是小径里的密码。
我一直想让诗歌变成这样
但这种孤独生不出智慧
只有冰箱里放了两天的食物,
你不会喜欢这种习惯。
假如我念出你名字的全部
海浪就会开始
涌动,你凌驾其上
你私心里的天使
会变成地图的一部分。

我总是忙于
不想做的事,我想要
这个诗行现在慢慢地移动,很
慢,就像谨慎的醉汉穿过马路
周围没有汽车
除了在他可怕的想象中。
我如何将你飘逸的名字
与壁虎或一片章鱼相连?
即使有瑞尼尔[1]啤酒罐子
魔法一般地,放在窗沿上。

还是想读你可爱的信
一九一二年一月写于的里雅斯特的那封。
你乘坐的汽车
以"蜗牛速度"行驶
穿过普罗旺斯。想要
"走进蝶蛹……
只靠心灵而活。"
或者你的罪恶——
    "我对着月亮狂吠
     声嘶力竭
      然后去怪罪
    我的狗"[2]

---

1 瑞尼尔(Rainer)也是德国诗人里尔克的名字。
2 这段引文出自里尔克的《杜伊诺哀歌》。

我能看到你坐下
狐疑的厨师睡着了
只剩下你
和夜的机器
那只恶兽吸吮抽干所有
越过我们,一摆尾
抹去我们的决心。我们和咖啡,
所有侵犯黑夜所需要的魅惑。

午夜时分我们记得山茱萸花
盛开时候的颜色
好比窗外女人的性事。
我希望诗歌变成胡桃
待在自己的绿色套子里
但现在诗歌是海洋
我们允许自己被它湮没,
我们朝向它飞翔,被
巨大的弹弓释放
痛苦孤寂欺骗和虚荣都抛在身后

岩底——穷途末路

"啊夫人听我说。我的

声音
所剩无几。"

——罗伯特·克里利[1]

---

[1] 罗伯特·克里利(Robert Creely, 1926—2005),这段引文出自《空气:猫鸟的歌声》(*Air: Cat Bird Singing*)。

*

凌晨两点。月光
照耀厨房

这会不会是
《小猪遗言》?[1]
无瑕的艺术和真理
一整只阉猪　猪的证词
我对激情有所了解
曾是我笔下主题
也曾看到自己的狗颤抖着
发情,疯狂地
消失在树丛里。

我想要

那个女人,她的脸
在月光下我不敢相信
她的嘴永远如地平线

    我们两人
都因为时局严峻

1　《小猪遗言》是公元402年由无名作者用拉丁文写成的戏仿遗言,模拟一头小猪在被杀前要求写下遗言安排死后身首归属。

如今
突然
我们住在
靠近脆弱
心脏的地方
比莉·哈乐黛的心脏。[1]

---

[1] 比莉·哈乐黛（Billy Holiday，1915—1959），美国爵士乐歌后，被尊称为"黛夫人"(Lady Day)。

*

你说，这种事
不应该进展太快
我肯定让你想起了某人

      不，
虽然我被这道光
引诱，还有
前廊上
疯狂的吵闹，
我并不难搞
轻易就钻进
你的圈套

    但这里的宁静
白裙　长腿
争辩着把你的身体
从我这里拉开

我感到了之前
毫无察觉的饥渴

＊（内管）

在温暖的七月河流上
往回走

颠倒的河流
寻找一片棚顶

慢慢蹬船
驶向树丛里的河口

有一只狗
在我身边学游泳
朋友在岸上

我的头
没入水中
又抬起来露出眉梢
我是船头
有古老的船身，
今天下午
我沿河而下去秘鲁
牙齿里衔着灵魂

一只蓝色苍鹭

折断了背
笨拙地扑腾
倒地不起

我们中间必有一个错了

他
身披蓝灰的重击
以为知道
走出这里
的蓝色道路

也或许是我错

*("我们溶解的地方——会不会有我们的味道?")

夏夜从水中浮现
钻进车里开回家
裹着湿毛巾下车
打开大门走进屋子

精神散落在脚下
没有星星
树叶正被月光吞噬

没有视力的小生物
行走的时候依靠
微小白色的硬角
就这样占领世界

飞蛾的声音

纱门戒备重重
如我一样,不让任何东西进入。
我儿子给我的野生
木莓,从冰箱里取出时冰冷,有几只
放在嘴里,几只放在衬衫口袋里
然后就忘了

我坐在这里
在半黑的厨房里
心口上的污渍
由这份馈赠而生

*（周六）

三只箱子
核桃木做的

彬彬有礼的鸭子
在篱笆下盘桓
偷偷走上草坪

苹果树　蓝色和白色的房子
我知道这很美

今天我想
写关于小东西的事
也许它们能说服我
走出念想

我读到的有关
"懦弱"和"忠诚"的诗句
我不知道
这代表淹没
还是伸出头呼吸

　　　　　夜里

我把手给你
像一具尸体
浮出水面

＊（失眠）

夜晚和它的部队
跨过栅栏
从蓝黑的树丛
来到厨房

它四处游荡
而我们睡不着睡不着
我们诅咒传教士
他们的道德像星星一般稀薄
我们发现自己
在黑色
苍蝇的包围里
一整夜
他的砂纸
蘸了塔巴斯哥辣酱[1]的腿

狗在梦游
走进橱柜
走进花园和心脏衰竭
你好
梦中我也曾变成狗

---
1 塔巴斯哥（Tabasco）是一种辣椒的名称，产地是墨西哥塔巴斯哥省，也是美国著名辣酱品牌。

醒来找不到
我的长耳朵

尼古丁　咖啡因
饥饿的身体
都有催眠效果
但什么也不能让我们睡着

*

我打碎过多少扇玻璃窗?
还有门和灯,上个月
就把一只水杯砸碎在书桌上

然后站在水池旁
取出碎玻璃
用笨拙的左手
我用石头砸过自己的头
也用栅栏碎片
试过挖出自己的眼睛
这些都不是夸张
是语言失灵时做出的行为
就像手术师
对着停止的心脏敲打

现在这个
平行的微小痛苦
藏在指尖里
一枚不可见的东西
环绕游走

   朝向心灵
   远行的
   玻璃

*（仿《诗经》，公元前十一世纪）

如子爱我，心中无他
提子之袍，涉过陈水

赶上
　"浮世"
八点五十二分　从芝加哥出发

提起你的裙子
通过海关

在停车场亲吻我

*("一场美妙的罗曼司"[1])

又一个深夜
与《国家调查》一起过

沉默

像看不见的
蝙蝠臂膀

这本书
朝着伤心
打开
——枯萎的花朵，凋零
马儿驮着
情人们去幽会

我最后一次
经过厨房
看见了它

    我将
蜘蛛网的巨大羽翼

---
[1] 原文是法语（la belle romance）。

从空中摘下
捧着 Y 状蛛网
慢慢走到前廊
好似它会呼吸

好似这是一只受伤的鸟
或某种披着伪装色的恐怖昆虫
可能对孩子不利

*

我们之间的距离
这个小小的星星
地图
　　一片浓缩的
黑夜之海

当爱人崇拜天空
他们崇拜的是
消失的距离

我的兄弟是月亮
床垫般高耸的
星云,
爱情的莽撞和挥洒

　　　这一切
都像我的手掌般
靠近你的身体

　　　故而你
在枕头和月光之间
向上望,寻找
沐浴在黑暗中的

珠宝

卫星的饥饿,遥远的控制,
"万人之上的我们"[1]

   然后找到了
你自己藏在黑暗中的手

---

[1] 英文原文是"the royal we",语含双关。原义是一种语法现象,指君主以复数第一人称代词自称,在诗中是回忆一对恋人曾经戏称自己为"最为尊贵的我们"。

*

那些小镇叫什么名字
就是我们开车穿过的小镇?

呆了　　迷路了

喝酒喝了一路
穿过了葡萄园
又来到温泉
把醉意煮去

那些地方都叫什么名字
睡着的我全然无知
　　　　　　　我的头
枕在你的大腿上
几百英里的夜路
黑夜渗进窗户

　　　这一切
　　　　黑夜和星星
但现在
在纳帕谷[1]的夜晚里

1　纳帕谷（Napa Valley）是美国加州湾区著名酒乡。

仪表盘像星星做的拱廊
熟透的葡萄月亮
我们在一起
我爱这块肌肉

我爱这块肌肉
它会紧张

    将加速器
与我的脸颊
相连

*（男女之间的语言战争）

有时候
我想
小说中的女人太
受副词控制。
她们的离场
总是一派芬芳的描绘

"她从桌边起身
鞋子就落在那里，
漫不经心地"

"让我们保持头脑
清醒，她醉态可掬地说，"
这种字样
总是油墨未干的样子

今晚我的问题
就是这片风景。
就像梵语中的爱人
在高空云朵中见到乳房，
河床上见到睾丸
（"士兵们把蛋蛋

留下,进入班加罗尔[1]
她愁容满面地说")

每一片叶子都弯曲
我能把手
放在不同的空洞里,狗儿们
穿过水沟,舔个不停
吞下所有吃过东西
的气味

一直都想拥有
一座影院
叫做"月光"

月光在放映啥
她问道
像叶子一般柔软

男人从来不轻柔地散去。
他们分泌形容词。
"她落入
他毫无准备的臂弯。"
他混合了一种"阴险"的饮料。
他把自己疯狂的种子
洒在生菜上——

---

[1] 班加罗尔(Bangalore)位于印度卡那卡塔邦首府,新经济中心。

*（真实生活）

在真实生活里
男人谈论艺术
女人评价男人

在皇后大街酒馆里
下午三点　唯一忙活的人
是侍女
她一天读一本书

下午肥皂剧的时间

指控
遮盖通向明天的
罪恶感的移动门。
男人们从餐馆出来
冲进卧室。
每个人都在电话上讲话
对情人的兄弟
或者兄弟的情人

我的第二杯啤酒
第五支香烟
唯一比

真实生活
更混乱恶毒的
就是这肥皂剧的时间
没有人抽烟
都在谈论艺术

我总是在拥挤的家庭
里醒来
一生如此
但可以做着噩梦
把自己送到未来——
去年春天我坐在这里
周日早晨
有些单身醉鬼
走进来,用祈祷
的目光看比利·格莱姆[1]秀

粉色吧台
灰色电视机
人们在
第二次救赎失败后来到这里

雷蒙·弗南德兹[2],

---
1 比利·格莱姆(Billy Graham,1918—),美国福音基督教派代表人物。
2 雷蒙·弗南德兹(Raymond Fernandez,1956—2004),美国职业摔跤选手。

   告诉我
你是在哪个港口
买到那个文身的?

*

维斯塔午餐馆[1]的午夜晚餐

恩我没有拿过
你的什么东西
我从回忆开始
像那些老歌

   在这个背靠黑夜
的餐馆里

在这栋叠句一般的别墅里
我们收集远去的
碎片
想让自己完整

   你明亮的眼睛
出没于一个希腊酒吧,和
你戴帽子的方式一样

---

1 维斯塔午餐馆(Vesta Lunch)指加拿大多伦多酒吧、餐馆。

*

我总是不幸
遇见
骨感
贫乳
的女人
中西部过来的,

见到你的一刹那
我就知道这是真的

*

午夜的反复
每个生物都睡着了
除了我们

还有狂热分子

   我想要
闪电的轮盘赌
来决定一切

在近郊街道上
滑板嘟噜噜响
周遭是电流
隐隐的嗞嗞声
    没有光
我看着他穿过树影
沿着松鸡道向前
    穿着厚毛衣
走在九月末的一个夜晚

我完全不明所以
不知道这些话给谁

连狗儿也
蜷缩起来
遁入自己
唯一知道你名字的生灵

*

我写关于你的事
仿佛你属于我
但你并不。
什么都不属于你,不能说
"这是我的"。

我们起身的时候
最后一次拥抱
不再意味拥有,
只是你的小说
或我的故事。
给未来护根。

不论我们
是否像纯粹的箭
射穿对方
还是遁入流言
我现在就写下
关于你臂膀的小说

或者写那个下午
在联合广场
我们惘然相对

痛苦以泪水的
速度自由落体
我们站在圆顶大厅下[1]
然后消失
从彼此身边离开

你和你的箭
只带上
你逃离的踪迹

---

[1] 这里的圆形大厅应该位于美国旧金山的联合广场,里面聚集着众多商家和消费娱乐场所,纽曼·马克司百货公司顶部就有一个圆形拱顶,以彩色玻璃为装饰。

*("我想要被一只不为警察所知的白色大鸟举起……"[1])

我永远也不会让小鸡
进入我的生活
但开了一条缝让你
钻进来
你穿过我的纱窗
像灵敏的小鸡

我永远也不会让小鸡
影响我的个性
但你一进来
我就无法清醒,
——"诗歌技巧","职责",
丢到了篱笆下面

你削瘦的肩膀
在灰狗身边训练习得。
骨头与骨窝的美妙组合
我只在画里见过
在《美国科学》的封面上。
我曾让灰狗
接近我

---

[1] 出自美国诗人詹姆斯·赖特(James Wright, 1927—1980)的长诗《明尼阿波利斯之歌》(*The Minneapolis Poem*)。

——鼻子、脚爪、肋骨
靠在我的手臂上,我承认
无法抵抗
勉强的谦逊。
我愿意花几天躺在地上
用蜗牛的视角观察世界
在这块痴迷的地上踉跄
寻找你的叶片你的谷粒,
可以尝试跨过你的肩头
做史诗般的旅行。

你当年还是旅馆里的吉普赛人
在窗户旁神思恍惚
挥着手臂
在停车场上唱歌
我从愚蠢的牡蛎那里得知
便走了出去。
所以今天我才会在这里
说看啊
看我发现了什么
我将自己敞开
面对死亡面对世界,
看这只蓝色眼睛
她手臂挥动时的骨窝
都是奇迹。

夜晚像蜗牛一样忙碌
在潮湿的叶绿素公寓里
我们钻进彼此的壳
好比人类有时候
想要钻进爱人的嘴,

像钻石的流言一般睡眠
在牡蛎的怀抱里

我从不奢望生活里出现奇观
但现在正越过
我的视力所及。
这里,
   曾是地平线。

*（榆树汽车旅馆下的欲望）

我曾试着调情
精挑细选
麦克盖丽格姐妹的歌
仔细播放

你引诱我的时候
用的也是立体声　那笑声

鼻子、脚踝、自然

　　　斗嘴　膝盖

你悲伤的决心　信件

耳环

　　坠落

　　"嗨，亲爱的——

　　你忘了手套"[1]

1　出自凡·莫里逊（Van Morrison）歌曲《乔治夫人》的歌词。

*

在这个时间
对你说话
这些天我
已失去诗歌的翎羽
分离
的雨水
环绕着我们哒、
哒像围棋子

每个人都学会了
谨慎走动

"跳舞""嬉笑""品位太差"
是一个记忆
法律树丛背后的活人画

我对你的爱情中
有我妻子受的罪
愤怒在每个方向飞奔
孩子们明智地
犹如粗糙的灌木
但他们并不粗糙
——所以我害怕

这段故事会有什么结果

所有明智的血液
从微笑的伤口中涌出
流下水池

这个时间我要的
不是你的身体
而是你安静的陪伴

*

牙医掩盖自己损坏的牙齿
理发师脱发,愚蠢的鸟儿
向某一株树飞去。
他们的骄傲就是
专一。
诗人不会拼写。
每个人都声称禁欲。

给班上的学生念诵聂鲁达
念诵他可爱古老的
关于一切事物的好奇心
我被告知这是我几个月来
第一次看上去开心。
对他穿越复杂地带的
从容感到嫉妒。
整个下午我不断
踏进他的口袋

   轻声细语地
教导我给我愉悦吧

*（这些后街小巷）
致达芙妮

六四年的时候你搬家了
我在什么地方?
——在某地,已婚。
(六四年的时候每个人都结婚)

往日的我们照进今日。
时光轴上的地图时而冲撞
坠入未来的国度。
感觉过了几个小时
一直都坐在你的车里,
快到情人节了,
我有一班飞机要赶,帮你
捧着你的玫瑰。
这番谈话
像一场慢舞,
分享一对耳机。

自从和妻子分居之后
我再也不能
将头脑抱在怀里。
坐在后街小巷里
这块新的版图,向

新大陆问好。
我们凝视着对方
慢慢走向一切
走出一切
我们在六四年想要知道的一切

*

而对乔治来说月光
化身为她。奇怪。调侃了多年
终于看到月光进入她,相信了,
在车后座里哼唱情歌。

我们三人驾车进市中心
心内惶惑

向三〇年代的山丘告别

罪恶过,被撕开,我们每个人
该如何
分享心灵

乔治还是"敦实"的样子,低俗笑话
散布给大家,
不交谈,只是哼唱着负心人
在后座里,曲调都走样,也很精确

就这样,我们流浪[1],我们坚韧

---

[1] 英文原文是 moon,口语中可以用作动词表示闲散地游荡,也与诗歌开头的月光意向呼应。

*

亲吻肚皮
亲吻你伤痕累累的
肌肤船。历史
就是你乘坐的工具
和带走的东西

我们都有过肚皮
让陌生人亲吻的经历
对彼此说过

而对我来说
我祝福所有
亲吻过你这里的人们

*（大地的边界）

   为了你我曾像一支箭
那样沉睡于厅堂
指向你在其他时区里
清醒的样子

   有些警惕地
我们一片一片地
将彼此拼起
   你的过去
是一个走过
十五座陌生屋子的你
为了到达这里

威奇塔的魅力[1]
你骨子里的枪手
   十九世纪
像风暴一样滚动
穿过你修长的身体

那段历史我在漫画书里读到过
在闪烁的荧屏上

---

[1] 威奇塔位于美国堪萨斯州，是美国第一批牛仔城之一，也是牛仔枪手鼎盛时期（1865—1900）重要的西部城市。

那时我十三岁光景

现在我们是猫
太平洋是我们的摇篮
一个人如何避免漂泊？
来到大地的边界？
孤远的月亮跟随着

   湿润的月光
  唤起童年

长腿的女儿
   威奇塔的
星星在远方

午夜时分，她瘦弱的胸前
紧紧抱着
最爱的书
《晚安，月亮》[1]

翻开封面，她
读着宫廷秩序
一连串的告别
向一切事物

1　《晚安，月亮》(*Goodnight Moon*) 是美国童书，1947 年首次出版。

我们越发简单
我们缩减自身　就像爱人
拥有他们微小廉价的魅力
银色的蜥蜴，
一块石头

古老的风俗
从尘土中生长
　　　　飞旋而出
从草原进入热带

奇怪这些气味如何相遇

为什么，脏旧床单般的历史
会短暂
　　　聚焦

肌肤船

"你的胸前有一抹水泽
让我可以沉下
像一块石子"

——保尔·艾吕雅[1]

---

[1] 保尔·艾吕雅（Paul Eluard，1895—1952），法国超现实主义诗人。

她的房子

因为她一直独自生活,她的房子是她一个人的产物,也是"必然"的产物。衰老和养育子女的必然。其他人飘进她的生活,进来又出去,改变了她的生活,添些零物,但我进过的房子里,她的最能显露个性和时间的作用。里面包含着她认识的人、一直认识的人,凝结了她的整个旅程。我第一次遇见她的时候只看到她的人,但现在,她成了熟人,我就注意到微小的习惯。

困扰她的问题是离别。她说:"昨晚我正听着所有习以为常的声音,就开始想象如果我一年后才醒来,而到时候树木都换了新装,会如何呢。"街道,海边空气的重量,某些能够辨认你家灌木的鸟儿,而且能给你一个壳,允许自由的习惯,那就是一座房子。

除了你,这里的一切我都很陌生。你的房间像一口灰色的井,洗衣机上面你的外套钩上总是挂着半湿的衣服,这样就不用熨烫,木质的绿灰色墙壁,你认识我两年后打开的秘密抽屉里放着古老的日本笔。这一切我都爱。虽然我自己的风景装在内心和三只行李箱中。但这对你来说却已如肌肤般不可割舍,你离开的时候意识到了这一点。

某些夜晚,我不想开灯的时候,膝盖会撞在胡乱摆放的低矮书架上。但你即使捧着洗好的衣服或书本都能绕过它们,只需要习惯性地轻轻挪动胯部。如果你在一座房子里蒙着眼睛也能走动,那么它无疑属于你。你就像血液平静地在全身流淌。直到最近我在你身边醒来的时候,才能不用睁眼看,就像在梦中一般,伸出手就知道你的肩膀和心脏的精确位置——你以特定睡姿睡在属于你的我们共享的床上。有时候这就是知识。你的身体就是屋子的蓝图。

剥肉桂的人[1]

假如我是个剥肉桂的人
我就会骑在你的床上
将黄色的树皮末
撒在你的枕头上。

你的胸部和肩膀会抹上气味
走过集市的时候,永远会有
我手指上的专业功夫
萦绕在你身边。就像失明的人会
把有些他们走路遇见的人绊倒
尽管你会沐浴
在排水沟下和雨季中。

这里,在大腿上部
这片平坦的草原
在你毛发边
或贯通背部
的褶皱旁。这只脚踝。
陌生人会称你为
剥肉桂人的妻子。

---

1 肉桂为重要调味品。斯里兰卡是肉桂生产大国,肉桂树长成之后,砍下树枝,剥去深土黄色表皮,随后表皮自然卷曲,就是我们熟知的肉桂模样。

结婚前
我几乎不敢看你
从未碰过你
——你鼻子尖削的母亲,你粗鲁的兄弟们。
我把手埋在雪纺料子里,
以沥青烟雾为掩护,
帮助采集蜂蜜的人……

有一次游泳的时候
我在水里碰了你
你的身体不受拘束,
你可以抱着我,不顾气味。
你爬上岸,然后说

   你也是这样触摸其他女人的
割草人的妻子,烧石灰匠的女儿
你在双臂上寻找
消失的香氛
    便发现了

   作为烧石灰匠的女人
有什么好
不留痕迹地离开
好像在做爱的时候没人与你说话
好像受伤了之后没有留下伤痕的快感

你用肚子
来触摸我的手
在干燥的空气里,并且说
我是剥肉桂人的
妻子。闻一下我就知道。

像你一般的女人们
集体创作的诗歌——狮子岩涂鸦,公元五世纪[1]

她们纹丝不动
是山间的女士
对着我们
眼睛也不眨
   国王已死

她们不受谁指挥
把坚硬的
石头当作爱人。
像你一般的女人
让男人倾尽心血

   "看到你我就不想
   再过别的生活"
   "金色肌肤的让我
   魂不守舍"

你们来自

---

1 狮子岩是公元五世纪伊斯兰国王卡斯亚帕所建造的宫殿的名字,宫殿建造在一块巨大的岩石之上,岩石各侧面画有壁画,半坡上铸狮子塑像,故岩石与宫殿都被命名为狮子岩。宫殿的高墙上涂满白色灰泥,犹如镜面,如今已经布满游客的涂鸦,人称狮子岩涂鸦。

漂白的土地
爬上了这座城堡
来欣赏岩页
伴随她们的只有孤独的空气
她们身后
　　　　刻着一个字符表
它的动机是完美的欲念

想要这些女人的画像
开始说话
爱抚

几百首小诗
作者各不相同
连成一体
成为单恋的习惯[1]

看到你
我不想过别的生活
转过身子
面对天空
底下满满的
都是丛林，一阵阵的热浪
俗世的爱情

---

1 "习惯"的英文原文是 habit, 这个词也有教士长袍的意思。

握着新摘的花朵
手指围成的圈
先是食指后是大拇指
这就是一扇窗

通向你的胸前

肌肤的欢娱
耳环　耳环
肚皮上的
鬈毛
　　　　还有
石头美人鱼
石头心脏
像岩石上的花朵
一样干枯
你是眼睛修长的女郎

金色的
醉意盎然的天鹅胸脯
嘴唇
长长的眼睛

我们站在天空前面

我给你带去

一支长笛
取自潜鸟[1]
的歌喉

对我说话吧
说被蹂躏的心

---

[1] "潜鸟"的英文原文是 loon,这个词也有疯子的意思。

河上的邻居

流言四起。你居住在杭州
山间,或波特兰城里的一间茅舍
要不就一定身处越州

我婚姻的灰烬
让明媚的秋日蒙尘

这个月的仙人掌
敞露雨下

而你斜倚在我的孩子们身边
身边有溪水蛇,田野里的芦笋

穿过整个宇宙
我点亮的每个房间
都曾是昏暗的花园,我握着的
仅有灯火

这封书信将我描绘
透明如我

大厅里的一只死鸟
与盥洗室的对话

台阶上树叶的陪伴

我经常路过她

月亮　树叶　芦笋的回忆
我找到了她的耳环
就在没有窗帘的窗户底下
厨房里
盐分充满 RCA 维克多公司
商标狗[1]的身体

让我们凭嗅觉摸索
明年与流淌的春泉同行
寻找彼此
来到东方一隅

---

[1] RCA（美国无线电公司）1929 年吞并了维多克有声机器公司，变身为 RCA 维克多公司，并购买了尼帕狗商标（一只在留声机旁专心聆听的小狗，改编自 1890 年代的一幅油画）的使用权。

致悲伤的女儿

这一整晚,冰球图片
向下凝视着你
你身着运动衣的睡姿。
骁勇的门将是你的理想。
以割痕和伤口
为代价。
——这一切让你欣喜。
啊上帝!你早饭时说
在阿尔卑斯山上读报纸体育版
此时又有一名球员摔断脚踝
或袭击教练。

当我想起女儿们
未曾料想今日
但因此更为喜爱。
我爱你所有缺陷
甚至你深紫的情绪
当你避开所有人
把自己埋在铺盖下的时候。
我说"喜爱"
指的当然是"爱"
但那个词让你发窘。
你在黑白影片面前备觉优越

（说服你看《卡萨布兰达》就大费周章）
不过你还是有感动的时候
比如观看《黑湖妖潭》的时候。

有一天我会游泳
依傍你的小船，也或者其他人会
假如你听到塞壬长鸣
无需闪躲。塞住耳朵
就什么也不会发生。你永远也不会变化。

我并不关心你是否冒死
追随怒气冲冲的门将
指间有蹼的生物。
你能进入它们的洞穴和城堡
它们的玻璃实验室。只是
除了你自己，不要被任何人欺骗。

这是我给你的第一次说教。
你正值"十六花季"你说。
我更希望是你最亲密的朋友
而不是父亲。我不擅长给人建议
你也知道，不过还是入世
随俗
直到俗世的日暮。

有时候你忙着

发现朋友
我心痛自己的损失
——不过那是自私。
有时候我躲进
我的深紫世界
而失去了你。

一天下午我走进
你的房间。你坐在
我现在写下此诗的书桌前。
窗外金钟花盛开
阳光落在你身上
好比厚实的黄色奇迹
好比另一个星球
引诱你走出房间
——这所有可能的世界!——
而你,那时,正忙着学数学。

现在我一看到金钟花
难免感到失落或欣喜,都是为了你。
你踏着凌波微步
进入荒野世界
你真正的奖励将是
这场疯狂的搜寻。
想要一切。假如要打破
那就破门而出不要破门而入。

你如何生活，我并不在意
但为你我会出卖自己的武器或手臂，[1]
也会为你永远保守秘密。

假如我谈到死亡
现在你会害怕非常，
死亡没有答案
只是每个
我们认识的人
都存于我们的血液。
不要想起坟墓。
记忆永恒。
记得那天下午
近郊的黄色传报之日。[2]
你的门将
带着恐怖面具
可能会梦见
温柔。

---

1 英文原文是 arms，同时表示武器和手臂。
2 传报之日，基督教用语，指圣母马利亚得知自己腹中胎儿为上帝之子的日子。天使加百利向怀有身孕的马利亚传报，宣告她将诞下上帝之子耶稣，此日便被称为传报之日。"黄色"承接之前金钟花的意象。

沿着一整条马兹诺河

后来,鱼鹰

掉进
只有他看见的东西里

信使苍鹭
看我们沿泥河[1]
而上,发出预警

一支桨
并不认识
自己拨拉出去的东西

不论你去哪里
内在的安静
都看得到,
    触碰。
每个东西都感到
变化,除了你。
动物们都在游弋。扯碎的叶子
陷进沼泽的瘴气

---

1 泥河(Mud Lake)是加拿大安大略省海鸥湾附近的河流,现已经改名 Pikitigushi 河。

古老的呼吸。

枯瘦的湍流里
岩石向上凝视
上面刮着亮漆
路过木筏的痕迹。

但现在,你看,就在这里,[1]
看得到清澈河水的心脏
岩石飘浮在
河里深深的倒影上。
雌性的岩石。肢体。饥饿的空洞
我们爬进去在里面消失。

在曼兹诺的臂弯里度过一小时。

那些我们不经意爱着的
爱得更深。
   阳光熏黑的脸
坚硬的岩石　岩石在滚动
阿尔冈昆人还在纪念
莫霍克族的爱人。矿石之眼。

是啊我还看到了你亲爱的姐妹

1　原文为法语 (c'est là)。

这个下午的激情之前
在补给站河上的夜晚,她们
敞开胸口
严肃而满是傻瓜的热度
投身于无论哪个
摔倒在肃穆的
乡间水流的青年。

太平洋来信
致补给站河的斯坦，老朋友，老伙计

我记得你帮我重修了鸡笼
在农田北面沿着牧场栅栏的地方
用维罗纳[1]运来的新松木
秋天的时候你在地板下面藏了一条秘密消息
知道我们来年春天就会发现。
一个神奇的消息。精心刻制。
你一边刻一边想象笑声。
我们都知道艺术和制造带来的欢乐。

夏天的时候我们整月整月地闲躺
让出版商和英语系白白操心
他们寄来关切的信件都躺进红色邮箱
男人女人们飘忽进出
有的来自海上有的来自西面边境
和他们在一起从来琴瑟相合
他们不惜翻山越岭
只因为同道相亲。
女孩们起舞，
按捺不住翩翩长袖
而我，醉意朦胧，去和地里的石头共眠。

---

1 维罗纳（Verona）是加拿大安大略省东部小镇。

我分居最痛苦的期间,你我
相约与我的儿子们一起畅游曼兹诺河
穿越那条动物般河流所有的三十六道弯折
走进铺着鲜亮苔藓的山谷
绿色的稻田、大理石岩块,夜间
在咕咕作响的松树下休憩。
神灵高高在上弥漫整个天宇!

在补给站河旁我们最后一次漫步
沿河而下
来到毗邻地盘南面的边界
经过你曾在里边吟诗的帐篷
经过我曾经居住的地界
周围的河水在我记忆中像蓝色玉石那样清澈。
那是你和你的妻子来回对唱
木屋里蚊虫在轻油灯下飞舞。
麝鼠在一边听着,
听到了我们的声音——吉他和单独的提琴
我们抗拒不了它孤独的回旋声。

小木筏在开阔的湖面上扫过
听到灯火通明的屋子里
传来笑声,盖住船桨
潜鸟趔趄
突然在船边跃入半空

把我们惊醒后即刻消失
只留下几圈涟漪将月亮抹去
八月最后几天来临
我们如流星骤雨彼此告别。

现在,我想这
就是我们对彼此的意义,
两个忙着扑灭各自灾难的朋友
时而出现并肩而行。
骤然之间我难以相信
我拜访过你年轻时的小镇
你当时坐在房间里
苦苦完善《伤心旅店》
一个可以"栖居"的新地方[1]——那是
一首愤怒之歌里的温柔字眼。
这一切都有个尽头。
夏日的夜晚
我想念你的陪伴。
我们抓住的东西
停留在地平线上
我们变成傻瓜潜鸟
孤独的热带出租车
在路上行进

---

[1] 由此可以推测,诗中的斯坦指的是斯坦·弗里伯格(Stan Freberg,1926—2015),曾经戏仿普莱斯利歌曲《伤心旅店》(*Heartbreak Hotel*)的喜剧表演家,这句之后的"栖居"(dwell)一词就直接出自这首歌的歌词。

走向混沌深处和隐秘。

在这些时候——没有交谈
心中没有结论

我付了邮资
 　　　封上信封

寄到一千英里之外的地方,满是思绪。

旧金山的一条狗

坐在空房子里
身边一条来自墨西哥马戏团的狗!
噢黛西,拥抱是我唯一的欢娱。
抱住我的朋友们。教化。
桉树轻摆。大理石也有温度。
这些东西在我心里。
内心和技巧,再没有更多。

我一般不喜欢小狗,除了你
就像中西部女人把空间占据。
你跃入半空旋转身躯
浮出水面的潜水者!你素来
一感到饿意,便打开冰箱找东西吃
你会把车窗摇下向外走
你知道何时应该走下电梯。

我总是想成为一条狗
但有些犹豫
因为觉得他们缺乏某些技能。
但现在我想成为一条狗。

翻译我的明信片

孔雀意味着秩序
打斗的袋鼠意味着疯狂
绿洲意味着我发现了水

邮票的粘贴方式——将独裁者的头
水平放置，或"警察标本"，
意味着政治危险

错误的日期意味着我
待的地方不对

当我谈论天气
我很严肃

一张空白明信片　意味着
我在荒野

被窃的传记——就我所知,她的七八件事

父亲的枪

她父亲去世之后他们在屋子里找到了九支枪。两支在衣橱里,一支在床下,一支在汽车仪表板上的小柜里,凡此种种。她兄弟把他俩的母亲带到草原上,举着一把左轮枪教她枪法。

鸟儿

有一度鹦鹉在托皮卡[1]很流行。她父亲收到一只抵债的鹦鹉,便日夜带在身边赶时髦。在律所办公的时候就在他头顶上晃悠,晚上和他一起驾车回家。晚会上朋友带来他们自己的鹦鹉,让它们表演练过的把戏:背诵《第十二夜》的第一行,唱一点意大利歌剧,牛仔之歌,或者来一段出人意料的罗斯·哥伦坡《爱的囚徒》的精彩翻唱。[2] 她父亲的鹦鹉只能模仿办公室里的打字员,每一行结尾的时候发出"叮"的一声。后来鹦鹉撞到一个书架,折断头颈身亡。

---
1 托皮卡(Topeka):美国堪萨斯州首府。
2 罗斯·哥伦坡(Russ Colombo,1908—1934),美国歌手、小提琴手和演员,《爱的囚徒》是他的名作之一。

面包

距离托皮卡四英里的公路上——堪萨斯州最大的电子广告牌。密苏里州所有人倾慕的焦点。推广的是面包,广告牌上是电动的刀锋割下一片片面包的图像。面包片一片片卷下来。人们常说"面包那里见","面包棒那里碰头"。激情荡漾的情侣会停在广告牌下方,头顶着星星和开阔的夜空,四周一片草原。忠贞尽失,"浑身都被威奇塔的男孩子们亲吻个遍"。诗人和来访作家也会被带到此地参观,广告牌下是车座上的引诱和女孩子们在床上的噩梦。一片片地掉进地里。在这片通向堪萨斯州多伦斯城的干涸土地上喂饱了众人。

最初的批评

她两岁,妈妈带她去乘车兜风。在加油站机械师来清理挡风玻璃,透过车窗望着他们。然后他擦拭双手,把头伸进车窗,对她们说,"原谅我说这个话,不过我不是乱说——这孩子心脏有问题。"

偷听

偷听到她在浴室里对虫子说:"我不想你到我身上来,亲爱的。"早晨八点。

自我批评

"有一段时间我身上有一种可疑的品质。狗不愿意接我递给它们的肉。镇上的坏蛋总是把我拷在树上。"

幻想

总是有一个幻想。正在街上走的时候,一个穿着干净白色礼服的人("干净"这个细节给我印象很深)举着一簇花跳到她跟前对着她歌唱,给他伴奏的是一个隐身的交响乐团。她一生都等待着这一刻,而它从未降临。

重来

一九五六年堪萨斯的电子广告牌着了火,浓烟滚入狂野的落日。着火的面包,破碎的玻璃。鸟儿从停下围观的汽车顶上朝落日飞去。而昨天晚上,午夜过后,她情绪激动地拨通电话。她的家乡正举办慈善马拉松来赞助乐团。她花了四美元参加。一位身着燕尾服的绅士敲击大钹宣布赛跑开始,她便跑开去。他们停下喝水的时候,一个提琴师表演独奏。她这就过来了。我迎上去,身着白色礼服,心里飘着一首歌。

贝西·史密斯在罗伊·汤姆森大厅[1]

起初她拒绝歌唱。

她曾申请在哈瓦那举行演唱会——每次学术假期都允许举办一次的演唱会。椰子树！粉色墙！古巴！ 她会轻轻对自己哼唱,在云团里晕眩。

但她最终来到这里。在九个"老实人爱德餐馆"中选中一个,随后匆匆赶到罗伊·汤姆森音乐厅[2],这名字真不恰当。

> 一条棕色长裙,周围有缀边。
> 弗莱德·朗肖在弹琴。[3]

她的第一组歌以"厨房男人"开头,五名观众离场。阿尔尼尔[4]得到情报从温哥华飞过来。接下来的十分钟,人们意识到这真的是贝西·史密斯,大厅里就响起许多高昂的点歌声。《任何女人的布鲁斯》、《十分沮丧》……直到她说我想唱以前不允许我唱的

---

1 贝西·史密斯(Bessie Smith, 1894—1937),美国1920到1930年代最重要的布鲁斯歌手之一。
2 罗伊·汤姆森音乐厅(Roy Thomson Hall)位于加拿大多伦多的音乐厅,1982年开放,以资助人之一冠名。
3 弗莱德·朗肖(Fred Longshaw),生卒年不详,与贝西·史密斯同时期的伴奏家,在《圣路易斯布鲁斯》一曲中与路易斯·阿姆斯特朗一起担任伴奏。
4 阿尔尼尔(Al Neil, 1924—),生于加拿大,跨界艺术家,在音乐、视觉艺术和写作上均有建树。

东西,因为我已经死亡。接着,她把余下的二十世纪揽到羽翼之下。

她佩戴着翅膀。每次轻启朱唇,双翅便随臂膀起落。羽翼向上飘动,然后徐徐落下,就像伸出车窗外的手臂逆风前行,毛色乌黑如斯坦威钢琴。你真应该在现场的。

幕间休息的时候,惊呆了的观众都坐在椅子上。"她看上去不错"是大家的共识。

她回到台上的时候带着乐队。他们很高兴在此着陆,不过也曾希望能去哈瓦那。演奏高音萨克斯的亚伯拉罕·威特在现场。演奏短号的乔·史密斯也在。午夜的时候她的声音更为醇美。演唱间隙也逐渐打开话匣。

午夜两点,乐队飘浮起来。她没有用麦克风。我们头上,字幅如人海般飘扬舞动。她亮起歌喉,轻轻掠过杰罗姆·科恩的歌。她问起朋友查理·格林。随后,令她意外的是,主办方为了表达没能让她去多伦多的歉意,允许查理·格林来参加演出。他曾有一次被人发现在哈林区的廉租房里冻僵,不过现在却羞涩地捧着长号步上舞台。他和乔·史密斯、贝西·史密斯单独在台上,观众很安静,横幅停止晃动,空调也默不作声。他们将斯坦威钢琴推走。推出一架布满弹孔的直立式钢琴。他们让阿尔·尼尔坐在前面。她开始唱,"不会是你。"

· 231 ·

返台加演的是两首歌。《哭泣柳树布鲁斯》和《远方布鲁斯》。我们像矗立的麦秸那样站着。但她听不见我们。她看不到我们。然后她又死了一次。

特许道[1]

1

瓦瓦诺什[2]。
　　　　在夜晚的玉米地里
四周围绕着昏黑的墨绿
炎热的昆虫和月亮
　　　　一件星星衣裳。

我们在这里，很新也很古老
透过午夜疲倦的双臂
谈话，
放弃新意。
我在家里。
古老的农舍，失修的红色卡车
在树下
说了一晚的话
我已经言辞枯竭
但这是一个魔力之夜。

---

[1] 特许道（concession road），英国殖民地时期，殖民政府在现今的加拿大境内铺设了许多道路，分割并连接英国国王特许殖民者使用的土地，这些道路互相平行，与交叉道构成网状。
[2] 瓦瓦诺什（Wawanosh）是加拿大安大略省南部休伦县内的小镇。

身体背叛我们,想要睡觉。
静静的——谈狗熊,戏剧
的起因,我们大家第一次相聚的时候。

一道黄色光芒落在水池上
我们的胳膊前倾
被艾麦拉蛋糕吸引。
再一次问好,时隔太平洋上度过的几个月,
我给你带了一颗从没给过你的种子,
我给你带来了故事和想要给你的
宁静,而你们两个
给了我舒适和友情。

一整晚我们都围坐桌边。
　　　微弱灯光下的活人画,
安大略的一角。
假如还是一八三〇年代,我们就会密谋革命。
屋外,一样的炎热,星星的旧衣裳,
故土松开的肺叶,
安大略省的夜光向着
戈德里奇生长。[1]
　　　孤独的房子
像夜晚的乌鸦
被杨树背叛

---
1 戈德里奇(Goderich)是加拿大多伦多省南部休伦县的首府。

只有瓦瓦诺什特许道
的修长臂膀才能够到。

  明天
一天都在路上
直到回家。
上床，累倒，独自一人。
上床后身边只有彼此的头脑。
我不知道关于这样的爱
该说什么
但不愿意失去。

2

在茅厕和红卡车旁边
我抬头仰望一扇有光的窗户
黄光照亮一条小径,伸进树林里。
路的尽头是温暖
枫树的环抱!
一头熊。
欢迎,莎士比亚,萨拉·伯恩哈特,
有人开始讲一个新故事。
有人在这片古老超拔的土地上
跳着新的舞蹈,要将它
还给沉默的前辈
和他们手上的语言。
   演艺人士
允许自己拉长夜晚
在其他人睡觉的时候工作。
社群团体的运作就是这样可疑。

摩尔斯沃斯镇
曾拥有一头会跳舞的奶牛
它代表我们的声音。就像来自
阿特伍德的导演,利斯托沃尔的提琴手,
福格斯来的女演员,温汉姆来的作家
密尔班克莱的神秘主义者。

这些乡村灵魂,谱写乡村密谋。

他们决绝的自画像

只有在那里人们才能举起

铅笔,从虚无开始

除了这些空白页面外一无所有。

让我告诉你,我越来越喜欢他们

——夜晚所有的沉默,他们被忽略的梦。

白天汽车轰鸣。布鲁威尔·西弗斯

纽里·霍尔默斯威尔。[1]

鹿和火烈鸟,另一种神话,

每隔十座房子就有神迹和恩典。

这不是你的家

你却好比在家中安坐。

天竺葵

嵌在拖拉机轮胎上,做成马形状的风向标。

梅特兰河[2]上的月亮…

所以就有黄色的光亮

男人或女人在光下劳作

知道蟋蟀的夜晚

蟋蟀蟋蟀……蝉?他写道,她说

不对任何人,只对页面诉说

他身后是黑色走廊

---

1 这里的几个专有名词都是安大略省南部休伦县内小镇的名称。
2 梅特兰河(Maitland River)是安大略省南部休伦县的河流。

前方是纱窗,然后
一条黄色公路伸进枫树林
他的意识可以在上面行走
梦想一个故事
为他的朋友,这个社群团体

有人曾想象
一头跳舞的奶牛,巨大的奶酪。
梦境汇成名字。
酒吧间里的姿势
汇成词典。

3

四人乐队在布莱斯旅店[1]里
演奏《枫叶糖》,酒吧里的人都起立跳舞。
我的肩膀撞在女卫生间墙壁上
为避免穿着靴子的脚乱飞
把牛粪带进来。不过牛粪
还是进来了,跟着啤酒和烟叶进来。

一位女电子钢琴手,两位提琴手
和吉他手,街对面过来的演员
上台唱歌,接受涛声般的掌声。
头顶的电视荧幕闪着绿光和橙光
记录好莱坞 B 类电影,火烈鸟的艺术。
这里正发生着什么。
镇上居民和演员交换衣服。
机械师手持口琴
专业地靠在话筒上
歌声破竹"你是否曾经孤独
是否曾经忧郁,"
此时,从罗波[2]来的男人说,
去他妈的文艺复兴
——给我拿瓶啤酒。

---

[1] 布莱斯旅店(原文为 Blyth hotel,应为 Blyth Inn)距离戈德里奇 28.7 公里,位于布莱斯小镇。
[2] 罗波(Lobo)是安大略省西南部中塞克斯县小镇。

4

这就是午夜合唱了。

凌晨两点,所有人都被赶出去
在空荡荡的街道上四散。
我们步入汽车时,没看到
大熊和鹰隼,
我们的源泉。
从看不见的天宇
乌鸦凝视着
4号公路上的交通信号
我们转弯开上未经修葺的
黄色的特许道。

汽车在长草的路上颠簸
在高高的玉米秸秆里穿行,随即停下。

敞开的车里射出灯光
照亮了院子。
接着便是黄色的窗户
似乎画在夜空上一般
那里有个人,她举着一面镜子
画着自己的肖像画。

红色风琴
一首移民之歌

你和我谈话的模样啊!
很随意,并排坐着,
凌晨四点,并不感觉冷
新年清晨

在布莱斯的一个双人厕所里。

树枝摇曳,杂草被雪。
是梦还是真实的回忆
这种随意,这样轻松的谈话
去年的最后一个夜晚如此漫长。

没说什么重要的事
正如现在这首诗
把淡去的时光收拢。
艺术如意外登场
就像巴西吹来的暖风。

   这种轻声耳语
好像为了不吵醒
柴火里冬眠的东西
好像为了不打搅蓝色的黑夜

一年最后的回忆。

    我们就这样坐着
在诗歌松垮的墙里
你和我，我们在室内的朋友们
饮用自制酒品不胜酒力。
我们都希冀认清自己，
和我们能给予彼此的"馈赠"。
告诉这片风景。
或者生养我们的那片风景。

在冒烟的午夜灯光下跳着波尔卡舞。

我步入新年的一刻
在与一个孩子跳舞。
瑞秋，如此优雅，
舞曲结束的时候我们互相低头致意。
假如我能把它画出来我会的

     假如写作
能显示色彩和游离于
时间的事件
     我们也可以表述清晰。

门外黯淡的景象
就是我们的所在，并非我们

的创造或化身,我们也不能
像狼那样从另一个世界
向巢穴运食物。这里的种种
就是魔力。
  雷·伯德[1]封存七年之久的酒
——脱胎换骨!醇醪终成。
我喝了多年前的一款
醉了过去。
    时间会塌陷。
年岁,关于彼此
我们见微知著
意念中做爱。

院子里的杂草积雪,堆起的木材
月光下的斑纹,红色卡车,
车道底下的光秃秃的树木
对着天空挥舞。

   满月
  是夜晚厨房的颜色。

十码之外有高耸的篝火
(去年夏天的回忆)火舌

---

1 雷·伯德(Ray Bird),指涉不详,可能是诗人的朋友。

抬起越过农舍
瘦小的孩子们将它环绕
向火里扔树枝和圣诞树上掉下的枝桠
而长黑发的女人
左脚踩在树桩上
弹奏着红色手风琴。

其他人还在跳舞。
　　　　　拥抱或者将自己
从彼此身边抛开。
他们弯腰致意然后抬眼
遥望月亮和白色的冷夜
他们四处移动,虽然当时景象已然凝固。
他们互相交谈,嘴里吐着白气。
有些不止一次出现
每次不同的舞伴。
我们对风免疫。
我们的靴子踩在冻得发硬的大地上
我们的孩子向上跳跃扑进我们的怀抱。
我们所有人都摆着姿势,被音乐启迪
友情自发的热量还有知识
每个人都选择驾车几小时来到这里
驶过结冰的公路,就为到这里来蹦跳雀跃

随着音乐起舞,这音乐在好几代人之前
跨过边境向北,穿过消失的小镇,

在陌生名字之间驻足,
最终为我们所有

从弗吉尼亚远道而来。

在黄色房间里

胖子沃勒在一九三五年五月八日录制《我想马上坐下来给自己写封信》,还有另外一个原因。四个成年人和一个孩子,在冰冷的休伦湖里游泳之后,从戈德里奇驶向布莱斯,又穿过铺着沙砾地的特许道绕过布莱斯,或许等待的就是这个时刻。他的钢琴声从磁带里一泻而出,我们认出了这首曲子但都默不作声。我们不能在他歌唱之前张口,等着他像坐进一张椅子那样惬意地融入歌词,这个大个子最终于一九四三年离世,当时他坐在驶向堪萨斯城的火车上,一动不动。

他总是四处游荡,在街上或在午夜的出租车上与安迪·拉扎夫一起兜风,声势浩大,传说这段时间里他创作了自己的大部分歌曲。我一直很喜爱他,但尤其喜爱他被朋友围绕的样子。因为他的身体就是一个人群,我们都想仿效。他的声音伴随着古灵精怪的钢琴声,时而温存时而踉跄,旋律如浓汤般华美而冷静,那天在炎热的工作室里如此,在六月下旬安大略湖上夏某天火热的汽车里也是如此。一九三五年五月八日那天还有什么其他重要事情发生吗?

我遇到过唯一不喜欢他的生物是在我身边三年的一只紧张的猎狐犬。我每次放沃勒的音乐,它都立刻从房间里跑出去躲到床下。这只狗能感觉到无序和音乐秩序的展开,听得懂咆哮和嘟哝,能感觉到胖子沃勒是在和你以及你身后看着你的人说话。我的狗没注意到没学会的是宁静。那些音符像溪水里洗涤过的衣物那样清新。

我们驾车驶过弥漫着休伦湖气息的黝黑枫树林时,车窗是开着的。钢琴声激活了卷成轮子的干草垛,白色原野上的火鸡,梅特兰河的各条支流。当年他醉意沉沉,手里拿着西红柿罐子——"它感受到身体切除了宿醉"——他,和拉扎夫一起在午夜的出租车里,有没有想过他的音乐会消失在何方?会在哪里重现?为了快速挣钱,他们把自己写的音乐和歌词卖给冒牌作曲家,后来才承认正是他们创作了当时许多最优秀的歌曲,如《街道向阳的一边》,《我能给你的只有爱》。隐姓埋名的创作者在出租车上坐了两个小时,从哈林区到布鲁克林然后又回到哈林区,夜色溽热,气息浓烈,穿过的街道上方有人喊话,这一切都进入了他们的作品,一丝丝渗进这个大个子,他年轻时候还是个古典管风琴演奏者,无论干什么都昂首阔步,瞒着前妻伊迪斯·哈切特,暗中与两类女子交往,"有钢琴的女子和没有钢琴的女子",最后因为支气管肺炎死在了艾奇生-托皮卡和圣达菲公路上,[1]这是他没有写的一首歌。

他和他声音的交响乐现在进入了我们所坐的车。这是他第一次造访这个国度,[2]虽说他在去世前一天曾从火车车窗里瞥了一眼这片土地。他看到了中部地区,音乐会在那里消失,音符流散,时光倒转,创世的回放,他缔造的华尔兹。

1　艾奇生-托皮卡和圣达菲公路是美国主要公路之一,1859年特许建造,建成后连接堪萨斯州城市艾奇生和托皮卡与加州城市圣达菲。
2　这个国度指加拿大。

你在午夜驶过女王区公路[1]

不要凝望星星
或者满月。警惕青蛙。
不要看斜倚在沙砾上
与公路平行的名士们
要看看鲁莽的人,他们厌倦了乡村之夜
被过往光柱的冒险晃了双眼。

我们当然了解他们这个类型,本地英雄
摘下包头巾赤裸着身子跳出来,
在碧绿的夜色中,被米其林
的低语吸引。

对他们来说我们显然是死亡。
我喜欢这些傻傻的人
比月亮更喜欢。
他们欢迎我再次到来。
其中一个是年轻的我
还在往河水里跳
关心他,提防他。

---

1 女王区公路(Queensborough Roads)是加拿大安大略省的一个非合并地区,也就是说没有自己独立的市政管理部门。女王区隶属于安大略省中部的特里德市政府并受其管理。

知道你喜爱这片风景
就不立很多规矩了。
不要凝望月亮。
紧挨着大理石里的热气。
朝着象形文字游泳。
只能触碰倒影。

水中的普鲁斯特
致司各特和克里斯汀

沿着月亮光柱游泳
月亮涣散的黄色
臂膀沉睡
    在巴尔萨姆河上[1]

从你的嘴里
    放出空气
你臂膀之下的月亮
头脑的滴答声
下沉。还有
潜鸟心脏的滴答声
在潮湿漆黑的雷声中
      我们之下
知道河对岸就是空气

我们喜爱消失了又重新
被发现的东西
垂直下沉变成
一支箭
的东西。

---

[1] 巴尔萨姆河(Balsam Lake)是加拿大安大略省中南部的河流。

要了解癫狂句子中
的音节
　　　　精妙的
介词变换
为了表示中线
　　　　西　南　西。
母语
囚禁在我鸟喙中的气泡
释放一种语言的
　　　　　气息

在月亮风暴中看不到人影
赤身裸体趟过黑水
你走近过道
如此的珠宝！安妮女王的花边！
滑入深水。
大嘴吞下河里的海象
扔出一个声音
液体的潜鸟
掷向天际。

　　　　你在哪里？

月亮光柱
的边缘上

悬　崖

他躺在床上，醒着，握着她的左前臂。凌晨四点。他翻了个身，眼睛粗鲁地瞪着夜空。透过窗户他能听到溪流声——它没有名字。昨天正午他沿着清浅的溪水散步，溪流上覆盖着雪松，旁边是芦苇、青苔和豆瓣菜。那景象犹如绿灰肤色夹杂的身体，一副繁复的骨架，他在里面穿着一双旧匡威跑步鞋跌跌撞撞地走着。她在上流仔细勘察，而他自顾自探索，时而钻到连根拔起枝桠颤动的树下。粗长的树干横亘在溪流上。他用左手抓住巨大干枯的树根钻到底下的白色溪水里去，感受水流在身上起伏。衬衫浸湿了，他跟随着水流的肌理迅速滑到树底下去。他早些时候的梦境一定早就预示了这一切。

他在河里寻找一座他们前一天走过的木桥。他自信地走着，白色的鞋子不经意地离开树干踏入深水，穿过沙砾和豆瓣菜，之后吃一只夹着豆瓣菜的奶酪三明治。她在走回小木屋的路上已经咀嚼了大半个三明治。他转过身来，她便僵住了，大笑起来，嘴里还嚼着豆瓣菜。他除此之外没有更多可以说爱她的办法。他假装生气，大喊起来，但是奔腾的溪水声掩盖了他的声音。

她知道他也同样喜爱河水的质地。看到一条河流或溪流，他就会走到水边。会走进齐腰深的水流，听水流和岩石的声音将他包裹在孤独中。如果他们间距超过五英尺，周围的噪音就会迫使他们停止交谈。直到后来，他们坐在水池边，腿靠着腿，才能开始说话，话题散漫，包括亲戚、书籍、最好的朋友，刘易斯和克拉克的历史,[1] 他们共同拼接起来的过去的碎片。除此之外,水流声包围着他们,如今他单独一人与水中精灵共行,劈啪声和飞溅声,嫩枝断裂声,假如有什么事发生在一臂距离之内,他就被那一个声音占据。现在,他在寻找一个名字。

不是给地图找名字——他知道有关帝国主义的论争。是给他们的名字,给他们词汇的临时指令。一个暗号。他钻到倒下的树下,握着雪松的根就好像握着她的前臂。他短暂地悬空,湍急的河水拉扯着他。他紧紧抓住雪松,像抓住她的前臂,理由也一样。心灵河?手臂河?他写道,在黑暗里和她喃喃而语。身体从一边晃到另一边,他一只手挂在树上,满是狂喜,无法控制自己,还是牢牢抓着。然后他跳下来,背脊触碰沙砾和木屑,水流盖过他头顶,像是戴着手套的手鼓掌。他睁着眼睛,河流推着他站立起来的时候,他已经向下游冲了三英尺,从震动和寒冷中走出来,走到阳光里。眼光洒下字谜,随地乱掷,覆盖整条弯曲的河流,所以他既可以踏入阳光也可以踏入阴影。

他想起了她所在的地方,她的命名。在她附近的草地上,盛开着膀胱草,恶魔画笔草,还有不知名的蓝色小花。他冰冷地站着,在高耸大树的阴影下一动不动。他为了寻找一座桥已经走得够远,还没找到。继续向上游走。他抓住了雪松的根,就好比抓住她的前臂。

---

1 刘易斯和克拉克(Louise and Clark)是美国陆军的上尉和少尉,于1804至1806年间带领考察队完成横穿美国西部大陆,直抵太平洋海岸的勘察测绘活动。这次考察史称刘易斯和克拉克远征。

桦树皮
致乔治·威利

桦树湖上的风暴过后一小时
这座怒发直立的岛。翻滚。树叶还在飘落。
这个时候,闪电之后的这一小时
我们松开木筏。
水的静默
比岩石的静默更为纯粹。
一只划桨碰到了自己。我们渡过
盲目的水银,感受水流的
肌肉,刀锋
在黑水中挥舞。

我们精挑细选每个随意的词
从船头传到船舷,好似
向后仰着身子传递一只水壶。
有回声,水面的震颤。
我们在一个绝对的风景中,
在内卷自叠的名字中。

环绕岛屿意味着目睹
苍鹭披着蓝灰尘衣
从树上飞跃出来。
我们的对话就这样滑动

不外乎与友谊有关
我们开始唱一首老歌
不需要这么多歌词。

我们已经超越了给乡野命名的阶段。
倒影从来都不在
身体之外，不在风暴后
或水流和树木的疲倦之外。

微 风

致 B.P. 尼克

现在我只听二重唱。
约翰尼·霍奇思和豆先生[1],背景是
稀薄的钢琴声
在这个页面上这个舞台上
在号角里制作微风。

一个朋友靠在椅背上聆听
另一个朋友。现在
我只想要那个狂野温柔
的词"夜鹰",
它随着气息哼哧而出
就像爱人的呼吸。
萨克斯管演奏的罗生门。

所以,兄弟姐妹们醒来吧,尽管相距遥远,
在那些你喜爱的十九世纪小说里,
带着同样的伤口与欲望。

我们坐下清理和打磨

---

1 约翰尼·霍奇思(Johnny Hodges, 1906—1970),美国降 E 中音萨克斯管演奏家;豆先生(The Bean, 原名 Coleman Hawkins, 1904—1969),美国爵士乐降 B 次音萨克斯管演奏家。

对方最私密的诗行
——建议更多诗行,摇晃着拒绝
一个个小节——在列斯布里奇和埃德蒙顿[1]
你与微风同立
在卡姆罗斯一家不舒适的[2]
中国餐馆里,然后再去斯帕蒂娜街[3]
上的第二座酒馆点上第二杯酒。

今天早上几乎给你致电了
为了索取一个电话号码。
还有我尚未归还的唱片
你原本要为我制作的磁带。

横跨整个乡村
泪水纷飞悼念你的逝去。
我一直认为,有人说道,
他对你非常合适。
虽然我仍旧喜欢,贝利老兄,
对我不太合适的朋友们。

在公路上
汽车里充溢的只有双重唱和风声。

---

[1] 列斯布里奇(Lethbridge)和埃德蒙顿(Edmonton)均为加拿大阿尔伯塔省的城市。
[2] 卡姆罗斯(Camrose),加拿大阿尔伯塔省中部的城市。
[3] 斯帕蒂娜街(Spadina),加拿大多伦多最繁华大街之一。

那个周日我看到了喷气机的伤痕
想把你拖出天宇。
本·韦伯斯特[1]，科尔曼·霍金斯。
一个是 A 一个是 H，一颗豆和一阵风。

所有这些结对的真理。

有一棵白色的漆树，又看到一次，
这个九月，沿着湾景公路

从今以后
再也没有独奏

我将你拴住

---

1 本·韦伯斯特（Ben Webster，1909—1973）是美国爵士乐降 B 次音萨克斯管演奏家。

译后记

翁达杰一直是我觉得有特殊默契也特别喜欢的作家。他更是世界上少数几个诗歌与小说全才作家之一。

初识翁达杰,是通过《英国病人》。当时印象最深的场景是印度锡克族士兵基普与加拿大护士汉娜擦出火花的那些场景。时值二战尾声,他们在废弃的意大利修道院里庆祝汉娜的生日,基普在别墅外的露台围上了一圈用蜗牛壳做的小灯,整整四十五盏灯,四十五个从土里挖出来的蜗牛壳。土里更多的是弹壳,基普看到的却是美丽的蜗牛壳。正像战争更多是破坏和边界的固化,但作者努力要勾勒文明和自由的萧瑟声影。

后来我又爱上了他稍晚创作的《身披狮皮》,作品讲述二十世纪初期加拿大多伦多城市建设和移民社群的故事,主人公帕特里克是《英国病人》中女主汉娜的养父。淳朴的移民帕特里克先后爱上了两名女子,并以及其柔软的心肠包容她们。第二名女友因为参加激进社会运动而遇害,帕特里克为了表达愤恨之情,带着一个自制炸弹到马斯克卡地区的度假旅店,却在纵火之前大声叫唤,让所有人撤离。在二战之前的动荡岁月里,帕特里克变身罪犯的经历成为基普在《英国病人》结尾冷漠绝望的序曲。但即便是纯真不再,他们也仍然是温柔的失望者。

不论是基普还是帕特里克,都生活在意识形态中,都因震惊或激愤而反抗,却幸而没有完全被暴力支配而成为其同谋。正如翁达杰反复在《身披狮皮》中引用的康拉德书信中的一句名言所说:"天空所有的部分都并不永生……请允许我再一次强调所有事物结构都是极端松散的定律。"翁达杰的小说都关心历史和正义，关心不同阶级和种族人群的纠缠冲撞，同时也关心美好的人如何在为意识形态而战的时候信任结构变动的可能，能平静地保存原初的美好。

同样的意境也散漫于翁达杰的诗歌，正如废墟中的斑驳壁画。他的诗歌没有特别的程式和风格，但熟悉他的读者可以感受这些诗里独特的情感内核和诗人为废墟准备的尊严。当时还在九久读书人供职的彭伦问我是否想翻译这本诗集的时候，我非常高兴，后来译稿由何家炜接手编辑，合作也非常默契。

这本自选集中的诗歌往往从意象和小事件出发，引出对于难以名状的美和孤立的书写，如人的抑郁和动物的悲痛。其中不乏有自述性质的诗，与诗人的家人以及成年和儿童经历有关，与父亲有关的尤其令人动容。翁达杰擅于勾勒日常生活场景，狗、儿子、女儿和妻子爱人间，无不关乎对空间的争夺，也无不关乎边界的消融，家庭矛盾总是与溶剂一般的气味、声音和体温共存。

诗人对历史人物的书写也独具一格，比利小子与萨丽局促的爱情、达尔文虔诚的科学态度、贝西·史密斯受限的从容，都是凡尘里跃出的仙气。民族的苦难也没有被弱化，加拿大特许道折射的殖民历史，斯里兰僧伽罗人与塔米尔人的兄弟仇杀，美国黑人爵士乐手在商业背景里的落寞，都化成了一首多声调的歌。

当然，诗人的主题也难免包括诗人这个群体。翁达杰在《白矮星》一诗中这样描绘他心目中太过于明亮而归于沉寂的诗人："他们扬帆驶向那完美的边际/——在那里没有人际燃料/也没有掉下的沙袋——/好用来测量高度"。因为太高太烈而被漠视，这是奥登在《艺术博物馆》一诗里也描写过有些异人的命运，但翁达杰作品的情感温度与奥登有别，对于"白矮星"们的细节描绘也更多，这些都可以在诗中感受到。

翁达杰也有许多诙谐搞怪的诗歌，尤其是《幕间休息》那首叠加奇幻隐私的诗，读来令人拊掌。

翻译翁达杰诗歌与翻译其他英语诗歌一样，都需要面对一些难题。有的诗句要适当增添主语，有些断句要加以调整，语言的节奏自然也不能随意。笔者一直相信意译与直译相融合的翻译哲学，所以译文也尽量尝试信与达而不生硬，更关键的当然也是庞德所说的译文"效果"，要与原文在情感上力求一致。希望读者能在译文中也感受到翁达杰的敏感和豁朗。

当代英语诗歌中经常会有句法不规则的情况，幸运的是中文的语法和句式本来就比较灵活，应对诗歌中的英文还是很称手的。如《查尔斯·达尔文的一次航行，一九七一年十二月》的第一节：

> 巴西海岸线上的景观
> 一个男人站立着呼喊
> 面朝一艘帆船的影像
> 像海那边飞过来的庞大白鸟

在这一节中，原文里的英语和译文在句式上是基本对应的，细细读来不太符合语法，有结构断裂，也有主语的突然切换(从"男人"到"帆船")，但在中文里这种的表达还是流畅的，略新奇，但不至于太别扭。保留原诗句式是可行的，在意义和情感层面上效果都还不错。

翻译中还经常会遇见比较生僻的加拿大和斯里兰卡的历史、文化典故，同时西方文化传统的点滴也随时可能出现。有首题为《伊丽莎白》的诗就格外引人深思，通篇没有出现伊丽莎白的名字，但可以想见诗歌的言说者就是这位伊丽莎白。在诗歌开头，她的口吻酷似一名普通女孩，回忆小时候与父亲玩耍和童年玩伴捕鱼等寻常经历。不过言语中暗含杀机，说到腐烂的苹果和玩伴吞食活的金鱼，而杀机中又包含性的暗示，菲利普在吞吃生鱼后转而亲吻伊丽莎白。诗歌的后半部分又出现了几个人名，包括汤姆和埃塞克斯，让人意识到或许这也可以被理解为一首历史诗，所谓的戏剧独白，模仿英国女王伊丽莎白的声音。汤姆实为托马斯·西摩（伊丽莎白前任玛丽女王的丈夫），而埃塞克斯实为女王中晚期宠臣埃塞克斯伯爵，两人都与伊丽莎白有过很近的关系，托马斯·西摩更被认为是对十四岁的伊丽莎白进行性爱启蒙的男人。这首诗到底是对历史人物的重塑还是在描写一个与女王同名的平行人物，让人不得而知。这种模糊性给翻译和解读带来一些困难，但这也许就是读诗译诗的乐趣。能破解典故，但又不能被完全破解，对译者和读者来说，都是巨大的美事。

最后，让我们再回到翁达杰最为青睐的主题上来。《伊丽莎白》中有一节描写汤姆被处死的场景，暗指历史中的托马斯·西摩因夺权而被定罪处死的事件，但指涉模糊不明：

> 他们用斧头砍伐他的肩膀和颈部
> 血柱如树枝伸向人群。
> 他肩膀下垂，举步不稳
> 诅咒人们尖利的嬉叫，蹒跚转圈，

依然扭动着法式华尔兹舞步直到屈膝跪下
头抵在地上,
血液像红晕般驻留在衣服上;
就这样
迎接人们对准他背部的最后一击。

  这就是经典翁达杰,常常展现暴力,但绝不简单重复暴力。即使是垂死的疲软,也绽放暖阳的红晕。这不是将暴力做审美化处理,而是在告诉"白矮星"部落里的人们:要直面摧残而不失去想象和创造美的能力,要够高够烈但不轻易崩塌。翁达杰的诗歌就是这样用意象和节奏来感化的。
  诗人的话语,已转换成另一种文字,诗人的意义,还在不断产生。文学的循环没有起点和终点,自然会随着更多读者的加入而延展变形。我们就是用这样的方式如蜥蜴般永生。